湖南山水名勝詩詞選 常德卷

劉經平題

HUNAN SHANSHUI MINGSHENG SHICI XUAN CHANGDE JUAN

常德市诗词学会 编

湘潭大學出版社
XIANGTAN UNIVERSITY PRESS

图书在版编目（CIP）数据

湖南山水名胜诗词选．常德卷 / 常德市诗词学会编．
湘潭 ：湘潭大学出版社，2024．12．-- ISBN 978-7
-5687-1665-9
Ⅰ．I22
中国国家版本馆 CIP 数据核字第 2024J2A616 号

湖南山水名胜诗词选常德卷

常德市诗词学会 编

责任编辑：王正杰
封面设计：李 平
出版发行：湘潭大学出版社
社 址：湖南省湘潭大学工程训练大楼
电 话：0731-58298960 0731-58298966（传真）
邮 编：411105
网 址：http://press.xtu.edu.cn/
印 刷：长沙超峰印刷有限公司
经 销：湖南省新华书店
开 本：710 mm×1000 mm 1/16
印 张：18.25
字 数：279 千字
版 次：2024 年 12 月第 1 版
印 次：2024 年 12 月第 1 次印刷
书 号：ISBN 978-7-5687-1665-9
定 价：138.00 元

湖南山水名胜诗词选常德卷
编辑委员会

壶瓶飞瀑布　洞口落桃花

——《湖南山水名胜诗词选常德卷》序言

周运来

湖南省诗词协会发起编纂“湖南山水名胜诗词选”系列丛书的号召，是诗词文化界的重大举措，是落实中央“文化复兴”精神的具体行动，是诗界之幸，诗家之幸。我们学会积极响应，立即付诸行动。同仁们在近两年时间里，向全国诗词爱好者三次征稿、八次集体办公审稿，将古今诗家讴歌常德山水之佳作，收罗并编纂成《湖南山水名胜诗词选常德卷》。编纂过程中，因有省诗协领导和专家的亲临指导，使这项工作得以高质量地完成。

编纂《湖南山水名胜诗词选常德卷》具有深远历史意义和现实意义。从文化特性的角度讲，山水诗具有语言凝练、节奏鲜明、韵律和谐、想象力强、篇幅短小、易诵易记、意境美和音乐美并存之特性，易于在媒体中广为传播。它不仅蕴含丰富的旅游文化，而且能够熏陶旅游者的文化意识，激发旅游兴致。从旅游者来看，山水诗最积极的社会文化影响表现在寻求文化满足，开阔视野，增长知识，增强审美修养和环境保护意识，同时还是一种振奋精神，陶冶情操，激发爱国主义精神的思想教育。古往今来不少文人墨客云游天下，留下了大量赞美祖国大好河山，弘扬民族精神的佳句，这些山水诗词，大部分是面对祖国的锦绣河山，旖旎风光，名胜古迹，感受了人民的勤劳勇敢、聪明才智之后，有感而发的。读他们的诗，同样会激起人们对祖国的无限热爱。如今人们游览天山南北，游览呼伦贝尔大草原，游览革命圣地延安，参观秦始皇兵马俑遗址等等，无疑是希望置身于文学和历史之中，获得超越时空的真切体验。倘若游客们在游历常德美景的同时，通过阅读《湖南山水名胜诗词选常德卷》，一定会爱上常德这块宝地，这就起到了文化服务于旅游建设，服务于创建文化名城的重要作用。

纵观我国山水诗词的发展历程，不仅历史悠久，灿若星河，更是人才辈出，群星璀璨。我们这次编纂的《湖南山水名胜诗词选常德卷》，虽然古诗和今人诗词总共只选择了300来首，但选上的这些诗词中不乏精品力作。有的遣词造句精益求精，有的描写景物生动形象，有的借景抒情感人肺腑。有不少名人名家的精美作品，艺术感染力极强，具有很高的文学欣赏价值。这些山水诗词，不仅是诗人丰富独到的审美意识的流露，也为后人游览常德山水名胜，捕捉自然美景提供了范例。

然而，长期以来由于历史、经济等多方面的缘故，居住在不同地域的人们，大多恪守各自生活的地域，传承各自的风土人情，从而形成了各自独有的文化传统。历史反复证明，各地域之间、各民族之间只有加强交流，才能敞开胸怀接纳外界新生事物，使本区域更加开放。要达到这一目的最好的方式就是寄情山水，文化旅游。因此，《湖南山水名胜诗词选常德卷》也将为常德走向世界起到积极作用。

常德，古称朗州，地处湘西北，史称“川黔咽喉，云贵门户”。地理环境极为优越，东临洞庭湖，西接黔渝，南通长沙，北连荆襄，是融政治、经济、科技、交通和文化于一体的湘西北重镇。境内有东晋诗人陶渊明笔下的桃花源，有号称湖南屋脊的壶瓶山，有可与杭州西湖媲美的柳叶湖，有享誉海内外的“中华城祖、世界稻源”的城头山，有载入上海大世界基尼斯纪录的常德诗墙。更有沅江、澧水穿境而过，滋润着广袤大地，使得这块宝地土地肥沃，物产丰富，山水唯美，如诗如画。

常德历史悠久，民风淳朴，文风盛行，人杰地灵。自熊氏获黄帝封疆建立楚国开始，发文明之滥觞，先有屈原、宋玉、黄歇、车胤等豪杰，诗赋常德，造诣极高，功绩斐然，名垂青史；后有唐朝李白、刘禹锡、王维，宋朝温庭筠、范仲淹，元朝唐温如等著名诗人来此生活或游历，留下诗篇，脍炙人口；还有土生土长的宋教仁、蒋翊武等现代追求民主自由的先驱，王尔琢、林伯渠、翦伯赞、丁玲、帅孟奇、郑洞国、潘振武、郭伯勋、郑国、王其梅等为新中国建立立下不朽功勋的中流砥柱，值得吟咏。尤其自改革开放以后，常德城乡建设发生了翻天覆地的变化，经济发达，交通便利，基础设施齐全，各项指标都位列全省第一方队。放眼当今常德和谐安康的景况，处处皆可称桃花源，而风景、文化、人民生活享受水准，又远胜于陶渊明笔下的桃花源了。常德，已经成为集风景旅游、文化交流、生活宜居于一体的福地，也是全国各地诗家来观光采风的胜地。这也是我们编纂这本《湖南山水名胜诗词选常德卷》之目的所在。

由于史料和新作浩瀚，在编纂《湖南山水名胜诗词选常德卷》中，难免会有佳作被遗漏，甚为遗憾。

于今秋此书付梓之际，感慨良多，乃作以上杂言。是为序。

二〇二四年金秋

（作者为常德市诗词学会会长）

目　录

桃花源 ………………………………………………………… (001)

桃花源记(并诗)/[晋]陶渊明 …………………………………(003)
桃源行/[唐]王 维 ………………………………………………(005)
武陵泛舟/[唐]孟浩然 ……………………………………………(006)
赋得岸花临水发/[唐]包 融 ……………………………………(007)
桃源(二首)/[唐]李 白 …………………………………………(008)
同吉中孚梦桃源/[唐]卢 纶 ……………………………………(009)
桃源图/[唐]韩 愈 ………………………………………………(010)
桃源行/[唐]刘禹锡 ………………………………………………(012)
酬王秀才桃花园见寄/[唐]杜 牧 ………………………………(013)
寻桃源/[唐]张 乔 ………………………………………………(014)
桃花溪/[唐]张 旭 ………………………………………………(015)
桃花源诗(并序)/[宋]梅尧臣 ……………………………………(016)
桃花源诗次韵奉酬梅学士尧臣/[宋]张 颙 ……………………(017)
桃源行/[宋]王安石 ………………………………………………(018)
和桃花源诗(并引)/[宋]苏 轼 …………………………………(019)

桃源行 / [宋]汪 藻 ……(021)
桃源行 / [宋]胡 宏 ……(022)
和桃源图(有序) / [宋]王十朋 ……(023)
昔游桃源山 / [宋]姜 夔 ……(024)
秦人洞(二首) / [宋]谢枋得 ……(026)
桃源图(二首) / [金]元好问 ……(027)
题商德符学士桃源春晓图 / [元]赵孟頫 ……(028)
桃源行题赵仲穆画 / [元]萨都剌 ……(029)
木兰花慢·桃源 / [元]梁 寅 ……(030)
过桃川宫 / [元]郭 昂 ……(031)
桃洞春风 / [明]应履平 ……(032)
桃花源 / [明]文徵明 ……(033)
雪船 / [明]阙 闻 ……(034)
夜游桃花源憩会仙桥 / [清]易顺鼎 ……(035)
临江仙·夜行桃源坞中 / [清]易顺鼎 ……(035)
游桃花源 / 胡 绳 ……(036)
桃花源曲 / 费孝通 ……(037)
游桃花源 / 曹 瑛 ……(038)
桃花源抒情三章 / 杨汇泉 ……(039)
桃花源诗(三首) / 蔡长松 ……(040)
游桃花源(二首) / 霍松林 ……(041)
【仙吕·一半儿】桃花源偶题(三首) / 羊春秋 ……(042)
临江仙·桃花源 / 杨第甫 ……(043)
桃花咏 / 唐之享 ……(044)
游桃花源 / 赵焱森 ……(045)
桃花源陶渊明陋室 / 彭崇谷 ……(045)
桃源美景 / 石成林 ……(046)

桃源洞寻幽 / 林从龙 ……(047)
游桃花源 / 熊 鉴 ……(048)
观景台上偶得 / 刘有恒 ……(048)
沁园春·桃花源 / 张儒俊 ……(049)
桃花源秦溪荡舟 / 易馥香 ……(050)
满庭芳·访常德桃源古镇 / 胡春英 ……(050)
秦溪演出实景 / 曹丽芳 ……(051)
桃花源水府阁 / 万石诗 ……(052)
春日登水府阁 / 龚小平 ……(053)
桃花源水府阁临眺 / 董成亮 ……(053)

柳叶湖 ……(054)

临江仙·柳叶湖 / 刘庆云 ……(055)
晨读柳叶湖 / 罗建平 ……(056)
鹧鸪天·游柳叶湖 / 吴继强 ……(056)
游柳叶湖 / 孙运才 ……(057)
暮宿柳叶湖 / 王 辉 ……(057)
春过柳叶湖 / 汪君澜 ……(058)
春到柳叶湖 / 张小芬 ……(058)
西江月·春游柳叶湖 / 蒋 娓 ……(059)
柳叶湖颂 / 张水泉 ……(059)
踏莎行·柳叶湖 / 苏 俊 ……(060)
咏柳叶湖 / 夏晓雨 ……(060)
沁园春·游柳叶湖 / 宋玉秋 ……(061)
泛舟柳叶湖 / 刘葆华 ……(061)
咏柳叶湖 / 胡小敏 ……(062)
游常德柳叶湖 / 董俊伟 ……(062)

鹧鸪天·柳叶湖／李轶贤…………………………………………………(063)
游柳叶湖／罗 伟…………………………………………………………(063)
咏柳叶湖／张学理 ………………………………………………………(064)
定风波·情动柳叶湖／张亚辉……………………………………………(064)
柳叶湖桥梁赞／刘经平 …………………………………………………(065)
渔家傲·柳叶湖／马承斌…………………………………………………(066)
【正宫·小梁州】游柳叶湖／杜修岳………………………………………(066)
又游柳叶湖／林世琨 ……………………………………………………(067)
雨中游柳叶湖／彭德初 …………………………………………………(067)
登司马楼／康存波 ………………………………………………………(068)

常德诗墙

常德诗墙 …………………………………………………………………(069)
中国常德诗墙赞／王轶猛 ………………………………………………(071)
观常德诗墙感吟／杨 强…………………………………………………(071)

招屈亭

招屈亭 ……………………………………………………………………(072)
招屈亭／陈国安 …………………………………………………………(072)

武陵阁

武陵阁 ……………………………………………………………………(073)
春日登武陵阁／张曦徵 …………………………………………………(073)

笔架城

笔架城 ……………………………………………………………………(074)
笔架城／刘 明……………………………………………………………(075)
笔架城／熊月华 …………………………………………………………(076)
陪客登笔架城观沅江／明新保 …………………………………………(076)

太阳山 ……………………………………………… (077)

阳山庙观赛神 / [唐]刘禹锡 ……………………………(078)

太阳山 / [宋]周必大 ……………………………(078)

阳关图 / [元]宋 褧 ……………………………(079)

早春鼎州梁山道中 / [清]袁中道 ……………………………(080)

登太阳山 / 陈作耕 ……………………………(081)

阳山飞霞 / 胡亦文 ……………………………(081)

忆江南·太阳山 / 童中贤 ……………………………(082)

鹧鸪天·太阳山 / 康存波 ……………………………(082)

穿紫河 ……………………………………………… (083)

游穿紫河 / 蔡建和 ……………………………(084)

武陵河街早春即景 / 蔡建和 ……………………………(084)

游河街感怀 / 周运来 ……………………………(085)

常德河街夜景 / 商中贤 ……………………………(085)

游览常德河街 / 姚绍举 ……………………………(086)

梦幻河街 / 康兴民 ……………………………(086)

小年赏河街胜景 / 娄德华 ……………………………(087)

【南吕·一枝花】春游常德河街 / 赵亚兰 ……………………………(087)

紫月楼 ……………………………………………… (088)

登紫月楼 / 李安云 ……………………………(088)

崔婆井 ……………………………………………… (089)

崔婆仙井 / [明]应履平 ……………………………(090)

崔婆井／［明］贺 奇 ……（090）

河洑山 ……（091）

九日登高河洑山／［明］袁宏道 ……（092）
平山／［明］杨嗣昌 ……（093）
河洑鱼梁／［明］岳 岱 ……（093）

莱公泉 ……（094）

莱公泉／［宋］崔 峄 ……（094）
莱公甘泉／［明］应履平 ……（095）

朗江书院 ……（096）

朗江示诸生／［清］张九镒 ……（096）
朗江书院西池观荷次研北翁韵／［清］罗 典 ……（097）

司马错古城 ……（098）

登司马错古城／［唐］刘禹锡 ……（098）
题司马错城／［宋］陶 弼 ……（099）

常德画墙 ……（100）

“天下常德”篆印歌／梁颂成 ……（101）
咏常德画墙／娄德华 ……（102）
赞常德江南画墙／周晓思 ……（103）

花岩溪 ……（104）

【越调·武陵春】花岩溪鹭影／周成村 ……（105）
戊寅暮春重游花岩溪／赖汉屏 ……（105）

一剪梅·游常德花岩溪龙凤湖 / 邓声斌 ……（107）
花岩溪行 / 罗立吾 ……（107）
花溪美 / 彭淑娥 ……（108）
花岩溪 / 莫厚成 ……（108）
夜宿五溪人家 / 周熙贵 ……（109）

文甲丰碑 ……（110）

西江月·仰文甲丰碑 / 段子恒 ……（111）
登万寿山感赋 / 雷光银 ……（111）
临江仙·登万寿山所思 / 钱建明 ……（112）

港中坪村 ……（113）

临江仙·魅力港中坪 / 刘经平 ……（115）
习近平总书记莅临港中坪村考察听取村支书汇报 / 皮国繁 ……（115）
习近平总书记视察港中坪村有吟 / 康存波 ……（116）
访港中坪村感怀 / 唐云英 ……（116）
咏美丽乡村港中坪 / 邹宜霖 ……（117）
参观港中坪有吟 / 雷　波 ……（117）
港中坪村幸福屋 / 聂　俊 ……（118）

德　山 ……（119）

善卷坛下作 / [唐]刘禹锡 ……（120）
善卷先生坛 / [唐]蔡　昆 ……（120）
登孤峰 / [宋]唐　绩 ……（121）
善德山 / [宋]周必大 ……（121）
楚望亭 / [元]丁鹤年 ……（122）
善卷古坛 / [明]应履平 ……（122）

德山次韵 / [明]杨 褫……(123)
德山寺次韵 / [明]杨 褫……(123)
秋夜宿德山玩月 / [明]袁宏道……(124)
登孤峰绝顶 / [明]杨 鸿……(124)
善卷钓台 / [明]冀元亨……(125)
枉人山 / [明]杨嗣昌……(125)
过德山寺 / [明]吴 珍……(126)
乾明寺(二首) / [明]龙德孚……(127)
再游德山,为雨雪所阻,留宿乾明方丈,次石间周益公石刻旧韵(二首) / [清]查慎行……(128)
德山即景 / [清]朱彭寿……(129)
晓过德山 / [清]曾传构……(129)
游德山 / 辛树帜……(130)
德山 / 刘 明……(131)
大有·德山美 / 廖爱民……(132)
德山文峰塔新生歌三十韵 / 梁颂成……(132)
【越调·天净沙】吟孤峰塔 / 唐云英……(134)
桂枝香·枉渚怀古 / 麦云嫣……(134)

彭 山……(135)

彭山怀古 / 周运来……(136)
游彭山思王祠 / 施明华……(136)

蜚云塔……(137)

嘉庆戊寅蜚云塔落成志喜 / [清]安佩莲……(138)
蜚云塔 / 莫道宏……(138)

卜算子·蜚云塔 / 曾庆忠 ……(139)

城头山遗址 ……(140)

城头山 / 韩永文 ……(141)
城头山 / 李泽树 ……(141)
【中吕·粉蝶儿】古城曲 / 杜修岳 ……(142)

仙眠洲 ……(143)

仙明洲口号 / [唐]李群玉 ……(143)
仙眠洲 / [明]胡 澥 ……(144)

马援石室 ……(145)

马文渊避暑石室 / [明]周伯孔 ……(145)
穿石室 / [清]向光谦 ……(146)
马援石室 / 贾傲松 ……(146)
蓦山溪·马石悬棺 / 张 弩 ……(147)

夷望溪 ……(148)

夷望山 / [明]杨嗣昌 ……(148)
水心岩(二首) / [明]阙 闻 ……(149)
水心寨感吟 / 刘经平 ……(149)
游夷望溪 / 邹宜霖 ……(149)
晨登水心寨 / 杨汉鼎 ……(150)
游夷望水心寨 / 贾经伟 ……(151)
桃源夷望溪泛舟 / 张曦微 ……(151)

夷望溪千年古樟 / 王明华 ……(152)

渌萝山 ……(153)

渌萝山歌 / [晋]无名氏 ……(153)
渌萝山 / [明]杨嗣昌 ……(154)
渌萝山(并引) / [清]涂自明 ……(154)

目平湖 ……(155)

游目平湖 / 商中贤 ……(156)
目平湖泛舟 / 张良政 ……(156)
【中吕宫·山坡羊】过目平湖遣怀 / 鄢 洁 ……(157)

金牛山 ……(158)

金牛山(二首) / [明]喻 政 ……(159)
登金牛山 / [明]李 清 ……(159)
登金牛山 / 易君左 ……(160)

青草湖 ……(161)

渡青草湖 / [南朝]阴 铿 ……(162)
宿青草湖 / [唐]杜 甫 ……(163)
过洞庭 / [元]唐 珙 ……(163)

青尉祠 ……(164)

青尉祠 / [明]陈洪谟 ……(164)
青尉祠 / [明]朱廷声 ……(165)

鹿溪竹海国家森林公园 ……(166)

梅溪晓望 / [唐]吕 岩 ……(167)

沁园春·鹿溪/袁瑞林 ……(167)
鹿溪竹海/彭竹桃 ……(168)

太浮山 ……(169)

登太浮山第一峰/[清]黄道让 ……(170)
咏太浮山/王作太 ……(171)
太浮山之晨/杜光前 ……(171)
游浮山有感/谢守成 ……(172)

林伯渠故居 ……(173)

谒林伯渠故居/商中贤 ……(173)
林老故居/张兴荣 ……(174)
【双调·折桂令】林伯渠故居/郑瓦卡 ……(174)

丁玲故居 ……(175)

忆王孙·丁玲故居咏叹/张显全 ……(176)
过丁玲故居/杜光前 ……(176)

宋玉墓 ……(177)

宋玉墓怀古/[清]蒋 仲 ……(177)
再聚宋玉城/石成林 ……(178)
谒宋玉墓/聂 俊 ……(178)
谒宋玉坟/张显全 ……(179)
【正宫·塞鸿秋】宋玉故里/黄 岚 ……(179)

云母溪 ……(180)

云母溪/[唐]刘长卿 ……(180)

云母泉诗(并序)/[唐]李 华……(181)

停弦渡……(183)

过停弦渡/聂 俊……(184)
停弦古渡/郑瓦卡……(184)
停弦渡/章祖贵……(185)
停弦古渡/彭德初……(185)

刻木山……(186)

登刻木山/[明]胡玉成……(187)
登刻木山·和韵/[明]胡 澥……(187)
望刻木山/[清]张士宦……(188)

夹山寺……(189)

夹山寺上方/[唐]李群玉……(189)
鸾凤夹山/[明]冉 蓝……(190)
浣溪沙·夹山寺/刘百胜……(190)
石门县夹山寺谒闯王陵/韦树定……(191)

壶瓶山……(192)

鹧鸪天·壶瓶山林景/周运来……(193)
壶瓶山踏青/姚绍举……(193)
咏壶瓶山/雷建生……(194)
踏莎行·壶瓶山/陈细彬……(195)
剩头堡行吟/覃业翼……(196)
黄虎港有感/席承明……(197)

仙阳湖 …………………………………………………………（198）
仙阳湖／吴阳金 ……………………………………………（199）
水调歌头·仙阳湖水库／杨代漳 ………………………………（199）
秋日游仙阳湖／郑继和 ………………………………………（200）
【越调·小桃红】石门仙阳湖／胡明合 …………………………（200）
仙阳湖／彭美和 ……………………………………………（201）
泛舟石门县仙阳湖／皮国繁 …………………………………（201）
重游仙阳湖(二首)／张天夫 …………………………………（202）
涔阳古镇 ………………………………………………………（203）
涔阳渡／［唐］司空图 ………………………………………（203）
秋登涔阳城(二首)／［唐］李群玉 ……………………………（204）
黄山头 …………………………………………………………（205）
水调歌头·登黄山头／齐跃生 …………………………………（206）
沁园春·黄山头／雷 波 ………………………………………（206）
水调歌头·金凤山行／丁才生 …………………………………（207）
深柳书院 ………………………………………………………（208）
范文正公书台／［宋］刘子澄 …………………………………（209）
深柳书院重建吟／马承斌 ……………………………………（210）
念奴娇·深柳抒怀／李承武 …………………………………（210）
汤家岗遗址 ……………………………………………………（211）
浪淘沙·汤家岗遗址／齐跃生 ………………………………（212）
浣溪沙·汤家岗／晏 华 ……………………………………（212）

珊珀湖 …………………………………………………………（213）

浪淘沙·游珊珀湖／刘承君 …………………………………………（214）
鹧鸪天·珊珀湖／韩佑君 ……………………………………………（214）

姜女庙 …………………………………………………………（215）

嘉山孟姜女祠／［明］李如圭 ………………………………………（216）
姜女庙／［清］于翼如 ………………………………………………（216）
嘉山姜庙重修／秦自超 ……………………………………………（217）

毛里湖 …………………………………………………………（218）

临江仙·泛舟毛里湖上／蔡建和 ……………………………………（219）
游津市毛里湖／皮国繁 ……………………………………………（219）
鹧鸪天·吟毛里湖／唐云英 …………………………………………（219）
踏莎行·毛里湖／娄德华 ……………………………………………（220）
游毛里湖湿地公园／向才梅 ………………………………………（220）

药山寺 …………………………………………………………（221）

渔父词·药山／［宋］释德洪 ………………………………………（222）
破阵子·谒药山古寺／钱绪志 ………………………………………（222）
谒药山古寺／蔡业广 ………………………………………………（223）
药山寺／毛先梅 ……………………………………………………（223）
谒竹林禅院／杨佳钧 ………………………………………………（224）
夜宿药山竹林禅院／吴蓉蓉 ………………………………………（224）
题药山寺竹林禅院／张雪英 ………………………………………（225）

其他景点 ……………………………………………… (226)

望木瓜山/[唐]李 白……………………………(226)
游洞庭湖(二首)/[唐]李 白……………………(226)
汉寿城春望/[唐]刘禹锡 ……………………………(227)
武陵/[宋]黄庭坚 ……………………………………(227)
澧浦/[宋]范成大 ……………………………………(228)
南平驿/[宋]寇 准……………………………………(228)
南禅寺/[元]颜耕道 …………………………………(229)
武陵潮音阁怀元明/[明]王守仁 ……………………(230)
桃冈即事/[明]蒋 信…………………………………(231)
白鹤池/[明]杨 宣……………………………………(232)
滃园绝句(二首)/[明]龙 膺…………………………(233)
登太清山/[明]刘 瑄…………………………………(234)
夏日登漳江阁/[明]罗世贤 …………………………(235)
沧港/[明]曾之忠 ……………………………………(236)
三江口/[明]胡 济……………………………………(237)
游普光寺/[明]杜 安…………………………………(237)
过渐水桥/[清]姚定益 ………………………………(238)
春申君墓/[清]胡 焯…………………………………(239)
牛鼻滩口/[清]龚大万 ………………………………(240)
南阳嘴/[清]陈一揆 …………………………………(241)
三闾大夫庙五日作/[清]胡 焯………………………(242)
张旭墨池/[清]陈长镇 ………………………………(243)
燕子山/[清]张士宦 …………………………………(244)
舟过焦圻/[清]孙 勷…………………………………(244)
题双松山馆(二首)/[清]林则徐 ……………………(245)

刺史张子远新建车胤祠于囊萤故址,喜而赋之/[清]王应昌 ………(246)
十美堂油菜花/曾凡荣 ……………………………………………………………(247)
兰江桥/莫道宏 ……………………………………………………………………(248)
澧州兰江阁/郑传岩 ………………………………………………………………(249)
游钦山寺/向际钧 …………………………………………………………………(250)
题贺龙拴马树/高守泉 ……………………………………………………………(251)
故园梦溪持怀/任泽渊 ……………………………………………………………(252)
澧县多安桥/周 烁 ………………………………………………………………(253)
澧州古城墙/苏大平 ………………………………………………………………(254)
登桃源乌云界/曾祥永 ……………………………………………………………(255)
登桃源星德山/姚绍举 ……………………………………………………………(256)
鹧鸪天·翦伯赞故居/李建国 ……………………………………………………(257)
宋教仁故居/罗金龙 ………………………………………………………………(258)
太白湖/黄桂旺 ……………………………………………………………………(259)
漫步牛屎湖/丁为仁 ………………………………………………………………(260)
汉寿清水湖生态园/李基平 ………………………………………………………(261)
参观帅孟奇故居感占/曾 锐 ……………………………………………………(262)
行香子·登江家坡渡槽/裴泽球 …………………………………………………(263)
石门罗坪长梯隘/康国初 …………………………………………………………(264)
念奴娇·梅园魂/刘雷中 …………………………………………………………(265)
瞻仰颜昌颐故居有咏/杜德立 ……………………………………………………(266)

后 记 ……………………………………………………………………………(267)

桃花源

景点简介：中国桃花源，是陶渊明笔下《桃花源记》所描述的“世外桃源”真迹地，是《辞海》《词源》中唯一添加注释的《桃花源记》原型地，是国务院唯一备案认可的“桃花源国家级风景名胜区”。

桃花源始于秦，建于晋，兴于唐，盛于宋，历史上就享有三十五洞天、四十六福地的美誉。千百年来，陶渊明、李白、刘禹锡、苏轼、孟浩然、韩愈等大文豪在此留下了许多珍贵的诗文和墨迹，其山水田园之美、寺观亭阁之盛、诗文碑刻之丰、历史传说之奇，举世闻名。1995年3月24日，江泽民同志视察桃花源，并题写“桃花源”名牌以示留念。1998年6月12日，在日本大阪第五届国际黄金旅游线路格莱梅奖(1997年度)评选大会上，长沙—桃花源—张家界旅游线路获目的地开发特别奖，成为当时我国唯一获奖的黄金旅游线路。2019中国旅游产业发展大会，中国桃花源与北京故宫、西藏布达拉宫、敦煌莫高窟等共同荣膺2018中国旅游影响力十大文化景区。

2020年，桃花源旅游区被中华人民共和国文化和旅游部评为国家AAAAA级旅游景区。

境内开发了桃源山、桃花山、秦谷、秦溪、桃花源古镇、桃川万寿宫、《桃花源记》实景演出等景点和景观，景区面积达到了150多平方公里，其中核心景区面积约12平方公里，有秦溪、秦谷、桃花山、桃源山、五柳湖、万亩桃林等。临沅江，靠群山，古树修竹遍布，《桃花源记》里所描绘的“芳草鲜美、落英缤纷”的意境尚可寻觅。配套完善了游客中心、生态停车场、AAA级旅游厕所、生态游步道、标识系统、智慧旅游系统等，创新建设了秦溪、秦谷、五柳小镇、桃花源古镇等一批新旅游产品；引入了《桃花源记》大型溪流漫游实景演出、寻梦桃花源梦幻场景剧场等一批文旅演艺产品；举办了桃花源文化旅游节、春耕开犁典礼、农民丰收节、擂茶文化节等一批文旅节庆活动；开发了鼎食文化宴、擂茶养生宴、桃花源生活系列文创等一批主题特色鲜明的文创新业态。此外，沅江自西向东流向洞庭湖，流经桃花源风景区将近70公里，这一带的沅江既有三峡之险，又有富春江之秀，更为桃源增添了不少美景。

中国桃花源被誉为全球华人的心灵家园。桃花源的核心吸引力不仅在于画的自然风景，更在于在如诗如画的风景中沉浸于源远流长的桃花源文化，体验闲适祥和、怡然自乐的美好生活。

［晋］陶渊明

桃花源记（并诗）

晋太元中，武陵人捕鱼为业，缘溪行，忘路之远近。忽逢桃花林，夹岸数百步，中无杂树，芳草鲜美，落英缤纷。渔人甚异之。复前行，欲穷其林。林尽水源，便得一山。山有小口，仿佛若有光，便舍船从口入。初极狭，才通人。复行数十步，豁然开朗。土地平旷，屋舍俨然，有良田美池桑竹之属。阡陌交通，鸡犬相闻。其中往来种作，男女衣着，悉如外人。黄发垂髫，并怡然自乐。见渔人，乃大惊。问所从来，具答之。便要还家，设酒杀鸡作食。村中闻有此人，咸来问讯。自云先世避秦时乱，率妻子邑人，来此绝境，不复出焉。遂与外人间隔。问今是何世，乃不知有汉，无论魏晋。此人一一为具言所闻，皆叹惋。余人各复延至其家，皆出酒食。停数日，辞去。此中人语云，“不足为外人道也。”既出，得其船，便扶向路，处处志之。及郡下，诣太守说如此。太守即遣人随其往，寻向所志，遂迷，不复得路。南阳刘子骥，高尚士也，闻之，欣然规往，未果，寻病终。后遂无问津者。

嬴氏乱天纪，贤者避其世。
黄绮之商山，伊人亦云逝。
往迹浸复湮，来径遂芜废。
相命肆农耕，日入从所憩。
桑竹垂余荫，菽稷随时艺。
春蚕收长丝，秋熟靡王税。
荒路暧交通，鸡犬互鸣吠。
俎豆犹古法，衣裳无新制。

童孺纵行歌，斑白欢游诣。
草荣识节和，木衰知风厉。
虽无纪历志，四时自成岁。
怡然有余乐，于何劳智慧。
奇踪隐五百，一朝敞神界。
淳薄既异源，旋复还幽蔽。
借问游方士，焉测尘嚣外。
愿言蹑轻风，高举寻吾契。

作者简介：陶渊明(约365—427)，字元亮，又名潜，号五柳先生，世称靖节先生。浔阳柴桑(今属江西九江)人。东晋末南朝宋初诗人、辞赋家。曾做过几年小官，后辞官回家，从此隐居。田园诗派创始人。陶渊明文学创作的主要成就在田园诗，代表作有《饮酒》《归园田居》《桃花源诗并记》《五柳先生传》《归去来兮辞》等。作品平淡自然，出于真实感受。陶渊明以沅南乌头村为原型创作了《桃花源诗并记》，南朝梁代任安贫将其写入《武陵记》，清康熙间成书的《古今图书集成·方舆汇编》“职方典”和“山川典”，四次提到任安贫《武陵记》所载武陵桃花源的情况。

［唐］王 维

桃 源 行

渔舟逐水爱山春，两岸桃花夹古津。
坐看红树不知远，行尽青溪忽见人。
山口潜行始隈隩，山开旷望旋平陆。
遥看一处攒云树，近入千家散花竹。
樵客初传汉姓名，居人未改秦衣服。
居人共住武陵源，还从物外起田园。
月明松下房栊静，日出云中鸡犬喧。
惊闻俗客争来集，竞引还家问都邑。
平明闾巷扫花开，薄暮渔樵乘水入。
初因避地去人间，及至成仙遂不还。
峡里谁知有人事，世中遥望空云山。
不疑灵境难闻见，尘心未尽思乡县。
出洞无论隔山水，辞家终拟长游衍。
自谓经过旧不迷，安知峰壑今来变。
当时只记入山深，青溪几曲到云林。
春来遍是桃花水，不辨仙源何处寻。

作者简介：王维(701—761)，字摩诘。名字合之为“维摩诘”，已与佛教结下不解之缘，人称诗佛。山西祁县人，开元九年(721)进士，任太乐丞。因故谪济州司仓参军，后归长安。二十二年张九龄为中书令，王维被擢为右拾遗。二十四年张九龄罢相，次年贬荆州长史。二十五年，曾奉使赴河西节度副大使崔希逸幕，后又以殿中侍御史知南选。天宝中，安史乱前王维官至给事中。天宝十四载(755)安史之乱爆发，他被叛军捕获，被迫当了伪官。战乱平息后被交付有司审讯，按理当斩，幸其在乱中曾写过思慕天子的诗，加上当时任刑部侍郎的弟弟求情，才得免于难，仅受贬官处分。其后，又升至尚书右丞之职。

[唐] 孟浩然

武陵泛舟

武陵川路狭，前棹入花林。
莫测幽源里，仙家信几深。
水回青嶂合，云渡绿溪阴。
坐听闲猿啸，弥清尘外心。

作者简介：孟浩然(689—740)，字浩然。襄州襄阳人，世称“孟襄阳”。文学创作以田园山水诗为主，与王维合称“王孟”。因未曾入仕，又称为孟山人。开元二十二年(734)，韩朝宗为襄州刺史，约孟浩然一同到长安，为他延誉。二十五年，张九龄为荆州长史，招致幕府，不久仍返故居。二十八年，王昌龄游襄阳相访，相见甚欢。适背上长毒疮，医治将愈，但因纵情宴饮，疾发而亡。

［唐］包 融

赋得岸花临水发

笑笑傍溪花，丛丛逐岸斜。
朝开川上日，夜发浦中霞。
照灼如临镜，丰茸胜浣纱。
春来武陵道，几树落仙家。

作者简介：包融(695—764)，润州延陵(今江苏丹阳)人。唐朝著名诗人。与于休烈、贺朝、万齐融为“文词之友”。开元初，与贺知章、张旭、张若虚皆有名，号吴中四士。张九龄引为怀州司马，迁集贤直学士、大理司直。其子包何、包佶，世称二包，各有集。

[唐] 李　白

桃源（二首）

昔日狂秦事可嗟，直驱鸡犬入桃花。
至今不出烟溪口，万古潺湲二水斜。

露湿烟浓草色新，一番流水满溪春。
可怜渔父重来访，只见桃花不见人。

注：以上二诗录自瞿蜕园、朱金城《李白集校注·诗文补遗》，原载《舆地纪胜·常德府》卷六八，一说非李白诗。

作者简介：李白(701—762)，字太白，号青莲居士，有“诗仙”之称。我国最伟大的浪漫主义诗人。出生于西域碎叶城(今吉尔吉斯斯坦托克马克)，五岁随父迁至剑南道之绵州(巴西郡)昌隆县。二十五岁时曾只身出蜀，广泛漫游，南到洞庭沅湘，东至越州，寓居在安陆(今湖北安陆)、应山(今湖北广水)。天宝元年(742)，因道士吴筠的推荐，被召至长安，供奉翰林，文章风采，名震天下。后因不能见容于权贵，在京仅三年，便弃官而去。安史之乱发生的第二年(756)，他曾参加了永王李璘的幕府。后李璘兵败，李白受牵累，流放夜郎，途中遇赦。晚年漂泊东南一带，投奔族叔当涂县令李阳冰，不久病逝。后世誉为“诗仙”，与诗圣杜甫并称“李杜”。

［唐］卢 纶

同吉中孚梦桃源

春雨夜不散，梦中山亦阴。
云中碧潭水，路暗桃花林。
花水自深浅，无人知古今。
夜静春梦长，梦逐仙山客。
园林满芝术，鸡犬傍篱栅。
几处花下人，看余笑头白。

作者简介：卢纶(737? —799?)，字允言，大历十才子之一。河中蒲(今山西永济)人。天宝末举进士，遇乱不第。代宗朝又应举，屡试不第。大历六年(771)，宰相元载举荐，授阌乡尉，后由王缙荐为集贤学士，秘书省校书郎，升监察御史。出为陕府户曹、河南密县令。后元载、王缙获罪，受牵连。德宗朝复为昭应令，又任河中浑瑊元帅府判官，官至检校户部郎中。有《卢户部诗集》。

［唐］韩 愈

桃 源 图

神仙有无何渺茫，桃源之说诚荒唐。
流水盘回山百转，生绡数幅垂中堂。
武陵太守好事者，题封远寄南宫下。
南宫先生忻得之，波涛入笔驱文辞。
文工画妙各臻极，异境恍惚移于斯。
架岩凿谷开宫室，接屋连墙千万日。
嬴颠刘蹶了不闻，地坼天分非所恤。
种桃处处惟开花，川原远近蒸红霞。
初来犹自记乡县，岁久此地还成家。
渔舟之子来何所，物色相猜更问语。
大蛇中断丧前王，群马南渡开新主。
听终辞绝共凄然，自说经今六百年。
当时万事皆眼见，不知几许犹流传。
争持酒食来相馈，礼数不同樽俎异。
月明伴宿玉堂空，骨冷魂清无梦寐。
夜半金鸡啁哳鸣，火轮飞出客心惊。
人间有累不可住，依然离别难为情。
船开棹进一回顾，万里苍波烟水暮。
世俗宁知伪与真，至今传者武陵人。

作者简介：韩愈(768—824)，字退之。河阳(今河南孟州)人，郡望昌黎，故又自称昌黎人，世称韩昌黎。贞元十八年(802)得国子监四门博士。贞元十九年十月，与柳宗元、刘禹锡等同为监察御史。上书言事而得罪，贬为连州阳山令。十年谋官，两月即贬。“永贞革新”期间，他正在贬所。永贞元年(805)八月，宪宗即位，韩愈遇赦，移官江陵，为法曹参军。元和元年(806)奉诏回长安，充国子博士。因避谤毁，求为分司东都，移官洛阳。又因与宦者为敌，降职河南县令，不久又回长安。元和六年，迁为尚书职方员外郎，坐论柳涧，调为国子博士。元和八年，迁比部郎中，史馆修撰。元和十二年，因附议裴度用兵淮西，被任为行军司马，功成之后，迁刑部侍郎。元和十四年，正当宪宗妄图福田，迎接佛骨之时，他又上《论佛骨表》一疏，引起宪宗震怒，被贬潮阳。一到贬所，他立即上表请罪，长庆元年(821)又返长安做官。由兵部侍郎转吏部侍郎、京兆尹。有《昌黎先生集》。

［唐］刘禹锡

桃源行

渔舟何招招，浮在武陵水。
拖纶掷饵信流去，误入桃源行数里。
清源寻尽花绵绵，踏花觅径至洞前。
洞门苍黑烟雾生，暗行数步逢虚明。
俗人毛骨惊仙子，争来致词何至此。
须臾皆破冰雪颜，笑言委曲问人间。
因嗟隐身来种玉，不知人世如风烛。
筵羞石髓劝客餐，灯爇松脂留客宿。
鸡声犬声遥相闻，晓色葱茏开五云。
渔人振衣起出户，满庭无路花纷纷。
翻然恐迷乡县处，一息不肯桃源住。
桃花满溪水似镜，尘心如垢洗不去。
仙家一出寻无踪，至今水流山重重。

作者简介：刘禹锡(772—842)，字梦得。彭城(今属江苏徐州)人，祖籍洛阳。曾任监察御史，转屯田员外郎，判度支盐铁案，是王叔文政治改革集团的一员。永贞革新失败，被贬为朗州司马，十年后改连州刺史，徙夔州、和州刺史。外放二十三年后，征入为主客郎中。又以作《重游玄都观》诗，出分司东都。荐为礼部郎中，集贤直学士，出刺苏州，徙汝、同二州，迁太子宾客分司，世称刘宾客。会昌时，加检校礼部尚书。卒年七十二，赠户部尚书。素善诗，晚节尤精，有“诗豪”之称，与柳宗元并称“刘柳”，与白居易同称“刘白”。被贬朗州(今常德)期间，吐词多讽托幽远。蛮俗好巫，曾依骚人之旨，倚其声创制《竹枝词》，武陵民间传歌之。著有《刘梦得文集》《刘宾客集》。

［唐］杜　牧

酬王秀才桃花园见寄

桃满西园淑景催，几多红艳浅深开。
此花不逐溪流出，晋客无因入洞来。

作者简介：杜牧(803—852?)，字牧之，号樊川居士。因写过《紫薇花》咏物抒情，借花自誉，人称“杜紫薇”。京兆万年(今陕西西安)人。人称“小杜”，以别于杜甫。与李商隐并称“小李杜”。晚年居长安南樊川别墅，故后世称“杜樊川”，有《樊川文集》。唐文宗大和二年(828)进士，授宏文馆校书郎。后赴江西观察使幕，转淮南节度使幕，又入观察使幕。史馆修撰，膳部、比部、司勋员外郎，黄州、池州、睦州刺史等职，最终官至中书舍人。诗尤以七言绝句著称。擅文赋，其《阿房宫赋》为后世传诵。

[唐] 张　乔

寻桃源

武陵春草齐，花影隔澄溪。
路远无人到，山空有鸟啼。
水回青嶂合，松偃渌萝低。
世上迷途客，经兹尽不迷。

作者简介：张乔，池州人。约唐僖宗广明(880—881)前后在世。苦力为诗，十年不窥园。时许棠、喻坦之、剧燕、吴罕、任涛、周繇、张嫔、郑谷、李栖远与乔，号称“十哲”。咸通十二年(871)，李频主文试，乔诗本最擅场，但频以许棠久困场屋，以为首荐，乔与喻坦之在其下。时尚书薛能欲表于朝，以事未果。黄巢之乱，与伍乔等同隐九华山。

[唐] 张 旭

桃 花 溪

隐隐飞桥隔野烟，石矶西畔问渔船。
桃花尽日随流水，洞在清溪何处边？

作者简介：张旭(675—750?)，字伯高，一字季明。唐朝吴(今属江苏苏州)人。曾官常熟县尉，金吾长史。善草书，性好酒，世称张颠，与李白、贺知章等人共列“饮中八仙”之一。唐文宗曾下诏，以李白诗歌、裴旻剑舞、张旭草书为“三绝”。又工诗，与贺知章、张若虚、鲍融号称“吴中四士”。传世书迹有《肚痛帖》《古诗四帖》等。常德市汉寿县城西自古相传有张旭墨池遗迹。

景点简介：桃花溪即桃花源秦人溪，又名武陵溪。源出桃花山，北流入沅水。传说渔人所逢之桃花林，即在此溪沿岸。

[宋] 梅尧臣

桃花源诗（并序）

嘉祐元年，予在京师，邂逅与都官员外郎张侯颙遇于书肆中。张语往时曾相识于唐俞家，今二十三年矣，因各言出处。张曰实居武陵，武陵旧迹可具道。始时陶潜为记与诗，其后往往赋咏不绝。君之仲父昔尝有作，闻君能诗，多为公卿大夫讽诵，愿得一章夸咤远土，亦当买石刊置岩下。既重其意，许其录幼时所为五言。归阅故稿，则颇不惬心，遂别为一章，以塞张侯之请。

鹿为马，龙为蛇，凤凰避罗麟避罝。
天下逃难不知数，入海居岩皆是家。
武陵源中深隐人，共将鸡犬栽桃花。
花开记春不记岁，金椎自劫博浪沙。
亦殊商颜采芝草，唯与少长亲胡麻。
岂意异时渔者入，各各因问人间赊。
秦已非秦孰为汉，奚论魏晋如割瓜。
英雄灭尽有石阙，智惠屏去无年华。
俗骨思归一相送，慎勿与世言云霞。
出洞沿溪梦寐觉，物景都失同回槎。
心寄草树欲复往，山幽水乱寻无涯。

作者简介：梅尧臣（1002—1060），字圣俞，世称宛陵先生。北宋宣城（今属安徽）人。初试不第，以荫补河南主簿。五十岁后，于皇祐三年（1051）得宋仁宗召试，赐同进士出身，为太常博士。以欧阳修荐，为国子监直讲，累迁尚书都官员外郎，世称“梅直讲”“梅都官”。论诗强调《诗经》《离骚》的传统，摒弃浮艳空洞的诗风。在艺术上注重形象性、意境含蓄等特点，提倡“平淡”的艺术境界。在北宋诗文革新运动中同欧阳修、苏舜钦齐名，并称“梅欧”、“苏梅”。刘克庄《后村诗话》中称其为宋诗之“开山祖师”。

[宋] 张 颙

桃花源诗次韵奉酬梅学士尧臣

圣贤道，如龙蛇，驱逐空施罠与罝。
往者嬴秦燔坑毒，天下骚扰无常家。
吾宗子房周韩杰，铁椎击车眼不花。
同时志士悲大索，纷纷逋窜混尘沙。
武陵溪上桃花源，谽谺蓊郁菜桑麻。
义逃君臣携妻子，遁入不知岁年赊。
东海曾啮安期枣，长安不齿邵平瓜。
自从渊明记渔父，六百奇踪泄精华。
我具崖略为君道，京邸烂然生烟霞。
铲幽凿险发高咏，宝石攫自银河槎。
他日洞中忆洞外，惆怅风尘各天涯。

作者简介：张颙（1008—1086），字仲孚。湖南桃源人。宋庆历六年（1046）进士，任江南东路转运使，以湖南路转运使知鄂州。

[宋] 王安石

桃源行

望夷宫中鹿为马，秦人半死长城下。
避世不独商山翁，亦有桃源种桃者。
一来种桃不计春，采花食实枝为薪。
儿孙生长与世隔，知有父子无君臣。
渔郎放舟迷远近，花间忽见惊相问。
世上空知古有秦，山中岂料今为晋。
闻道长安吹战尘，东风回首亦沾襟。
重华一去不复得，天下纷纷经几秦。

作者简介：王安石(1021—1086)，字介甫，晚号半山，谥号“文”，世称王文公。江西临川人，世称临川先生。庆历二年(1042)进士，历任舒州通判、常州知州、提点江东刑狱、淮南判官、鄞县知县等。治平四年(1067)神宗即位，诏知江宁府，旋召为翰林学士。熙宁二年(1069)提为参知政事，从熙宁三年起，两度任同中书门下平章事，推行新法。熙宁九年罢相后，隐居，病死于江宁(今江苏南京)钟山。今人辑有《王安石全集》。

［宋］苏　轼

和桃花源诗（并引）

世传桃源事，多过其实。考渊明所记，止言先世避秦乱来此，则渔人所见，似是其子孙，非秦人不死者也。又云“杀鸡作食”，岂有仙而杀者乎？旧说南阳有菊水，水甘而芳，民居三十余家，饮其水，皆寿，或至百二三十岁。蜀青城山老人村，有见五世孙者，道极险远，生不识盐醯，而溪中多枸杞，根如龙蛇，饮其水，故寿。近岁道稍通，渐能致五味，而寿益衰，盖此比也。使武陵太守得至焉，则已化为争夺之场久矣。尝意天壤间，若此者甚众，不独桃源。予在颍州，梦至一官府，人物与俗间无异，而山川清远，有足乐者。顾视堂上，榜曰“仇池”，觉而念之，仇池武都氏故地，杨难当所保，余何为居之？明日，以问客。客有赵令畤德麟者，曰：“公何问此？此乃福地，小有洞天之附庸也。杜子美盖云‘万古仇池穴，潜通小有天’。”他日，工部侍郎王钦臣仲至，谓余曰：“吾尝奉使过仇池，有九十九泉，万山环之，可以避世如桃源也。”

凡圣无异居，清浊共此世。
心闲偶自见，念起忽已逝。
欲知真一处，要使六用废。
桃源信不远，杖藜可小憩。
躬耕任地力，绝学抱天艺。
臂鸡有时鸣，尻驾无可税。
苓龟亦晨吸，杞狗或夜吠。
耘樵得甘芳，龁啮谢炮制。

子骥虽形隔，渊明已心诣。
高山不难越，浅水何足厉。
不如我仇池，高举复几岁。
从来一生死，近又等痴慧。
蒲涧安期境，罗浮稚川界。
梦往从之游，神交发吾蔽。
桃花满庭下，流水在户外。
却笑避秦人，有畏非真契。

作者简介：苏轼(1037—1101)，字子瞻，一字和仲，号东坡居士。眉州眉山(今属四川)人。名“轼”，意为车前扶手，默默无闻却扶危救困，不可或缺。嘉祐二年(1057)进士。神宗时任祠部员外郎，熙宁五年(1072)因反对王安石新法而求外职，任杭州通判，三年后移知密州、徐州、湖州。熙宁十年四月，赴任徐州。是年七月七日黄河决口，水困徐州，苏轼参加救灾。元丰二年(1079)发生“乌台诗案”而入狱，因神宗爱其才得以保全，翌年贬黄州。哲宗即位，回朝任礼部郎中、中书舍人、翰林学士，元祐四年(1089)拜龙图阁学士，曾出知杭州、颍州等，官至礼部尚书。绍圣元年(1094)被贬谪惠州、儋州(海南岛)。北还后第二年病死常州。谥号“文忠”。诗、词、赋、散文、书法和绘画，成就均极高，是中国文学艺术史上罕见的全才。

［宋］汪 藻

桃 源 行

祖龙门外神传璧，方士犹言仙可得。
东行欲去羡门亲，咫尺蓬莱沧海隔。
那知平地有青春，只属寻常避世人。
关中日月空万古，花下山川长一身。
中原到后无消息，六朝氛尘徒感昔。
谁教晋鼎判东西，却愧秦城限南北。
人间万事愈可怜，此地当时亦偶然。
何事区区汉天子，种桃辛苦求长年。

作者简介：汪藻(1079—1154)，字彦章，号浮溪，又号龙溪。饶州德兴(今属江西)人。北宋末、南宋初文学家。崇宁二年(1103)进士，任婺州(今浙江金华)观察推官、宣州(今属安徽)教授、著作佐郎、宣州(今属安徽)通判等职。徽宗亲制《居臣庆会阁诗》，下令群臣献诗，汪藻一人独领风骚，与胡伸俱有文名，时称"江左二宝"。素与王黼不和，提点江州太平观，终黼之世均不得用。钦宗即位，召为屯田员外郎，再迁太常少卿、起居舍人。绍兴元年(1131)，除龙图阁直学士，知湖州(今属浙江)，后知抚州(今属江西)、徽州(今属安徽)、泉州(今属福建)、宣州(今属安徽)。绍兴十三年罢职居永州(今属湖南)，官至显谟阁学士、左大中大夫，封新安郡侯，卒赠端明殿学士。著有《浮溪集》60卷等。

[宋] 胡　宏

桃源行

北归已过沅湘渡，骑马东风武陵路。
山花无限不关心，惟爱桃花古来树。
闻说桃花更有源，居人共得仙家趣。
之子渔舟安在哉？我欲乘之望源去。
江头相逢老渔父，烟水茫茫云日暮。
投竿拱手向我言：桃源言说非真传。
当时渔人鱼得钱，买酒醉卧桃花边。
桃花风吹入梦里，自与世人相周旋。
靖节先生绝世人，奈何记伪不考真。
先生高步窘末代，雅志不肯为秦民。
故作诗文写幽意，要似寰海离风尘。
不然山原远近桃花开，宜有一片随水从东来。
呜呼神明通八极，岂特秘示桃源哉？
我闻是言发深省，勒马却辞渔父回。
及晨遍览三春色，莫使风雨空莓苔。

作者简介：胡宏(1102—1161)，字仁仲，号五峰，人称五峰先生。崇安(今属福建)人。理学家胡安国子，湖湘学派创立者。以荫补承务郎。工笔札，其迹杂见《凤墅续法帖》中。湖湘学派创立者。胡宏反对“以善恶言性”，认为“天理人欲，同体异用”，圣人“不去情”，“不绝欲”，只是“发而中节”而已。其在碧泉书院等地讲学20余年，对湖湘学派理论体系的完成起到最为关键的作用。主要著作有《知言》《皇王大纪》《易外传》等。

［宋］王十朋

和桃源图（有序）

世有图画桃源者，皆以为仙也，故退之《桃源图》诗诋其说为妄。及观陶渊明所作《桃花源志》，乃谓先世避秦至此，则知渔人所遇乃其子孙，非始入山者能长生不死，与刘阮天台之事异焉。东坡和陶诗尝序而辨之矣，故予按陶志以和韩诗，聊证世俗之谬云。

嬴秦斩新开混茫，傲睨前古无虞唐。
诗书为灰儒鬼哭，李斯秉笔中书堂。
长城丁壮无还者，送徒更住骊山下。
避世高人何所之，出门永与家乡辞。
入山惟恐不深远，岂是得已巢于斯。
来时六合为秦室，未省今为何岁日。
吏不到门租不输，子长丁添更何恤。
春入山中桃自花，招邀隐侣倾流霞。
男耕女织自婚嫁，派别支分都几家。
谁泛渔舟迷处所，山开渊辟闻人语。
乍相惊问卒相欢，设酒烹鸡讲宾主。
可怜秦事已茫然，帝业初期万万年。
犹道祖龙长在世，岂知异姓早三传。
邻里殷勤争饷馈，人情与世无相异。
未信壶中别有天，却讶身游与梦寐。
山花乱眼鸟哀鸣，数日留连喜复惊。

更从洞口寻乡路，逢人欲话疑非情。
异日扁舟欲重顾，水眩山迷红日暮。
后来图画了非真，作志渊明乃晋人。

作者简介：王十朋(1112—1171)，字龟龄，号梅溪。乐清四都左原(今浙江省乐清市)人。绍兴二十七年(1157)中进士第一，被擢为状元。先授承事郎，兼建王府小学教授。力主抗战，并荐用爱国老将张浚、刘锜，遭主和派排斥归里。孝宗即位后，起知严州，未赴任召对除司，封员外郎，迁国子司业，起居舍人，除任侍御史。力排和议，并以怀奸、误国等八大罪状劾主和派代表、当朝宰相史浩，使之罢职。乾道五年(1169)冬卸任。有《梅溪集》《后集》等。

[宋] 姜 夔

昔游桃源山

昔游桃源山，先次白马渡。
渡头何清深，鸿鹄在高树。
白马亦洞天，昔人有奇遇。
洞门不可见，但闻水声怒。
瞻彼羽人宅，乃乘方船渡。
修廊夹五殿，重阁映千树。
规模象魏壮，回合绿荫护。
山椒望五溪，壶头入指顾。
故宫在其北，屋瓦带松雾。
古杉晋时物，中空野人住。
外围四十尺，内可十客聚。

我游瞿仙馆，坛上表遗步。
却下八叠坡，一亭众妙具。
两山抱澄潭，老木枝干互。
瞻前秀而迴，坐久凛难驻。
桃源独不见，僻在宫南路。
山行转深邃，狙猿纷上下。
石窦出微涓，令我意犹豫。
昔闻渔舟子，水际见洞户。
今看去溪远，定自后人误。
惆怅却归来，此游不得屡。
于今二十年，历历经行处。

作者简介：姜夔(1154—1208)，字尧章，别号白石道人。饶州鄱阳(今属江西)人。南宋文学家、音乐家。少年孤贫，屡试不第，终生未仕，一生转徙今之湘、鄂、赣、皖、苏、浙间。早有文名，颇受杨万里、范成大、辛弃疾等人推赏，以清客身份与张镃等名公臣卿往来。人品秀拔，体态清莹，气貌若不胜衣，望之若神仙中人。工诗词、精音乐、善书法，对词的造诣尤深。有诗词、诗论、乐书、字书、杂录等多种著作。南宋和金朝南北对峙，民族矛盾和阶级矛盾都十分尖锐。战争的灾难和人民的痛苦使姜夔感到痛心，他为此发出过激昂的呼声，凄凉的心情表现在大部分文学和音乐创作里。有《白石道人诗集》《白石道人歌曲》等。

[宋] 谢枋得

秦人洞（二首）

寻得桃源好避秦，桃花又见一年春。
花飞莫遣随流水，怕有渔郎来问津。

来避秦人万事休，鸟啼花落几春秋。
洞门深锁无人到，山自青青水自流。

作者简介：谢枋得(1226—1289)，字君直，号叠山，别号依斋。信州弋阳(今属江西)人。自幼颖悟，观书五行俱下，终身不忘。宝祐四年(1256)与文天祥同科中进士。次年复试教官，中兼经科。又应吴潜征辟，组织民兵抗元。同年任考官，因得罪贾似道而遭黜斥。咸淳三年(1267)赦还。德祐元年(1275)，以江东提刑、江西诏谕使知信州。元兵犯境，战败城陷，隐遁于建宁唐石山中，后流寓建阳，以卖卜教书度日。宋亡，寓居闽中，元朝屡召不应。福建参政魏天佑强之北行至大都(今北京)，在悯忠寺(今北京法源寺)绝食而死，门人私谥文节。

景点简介：秦人洞即秦人古洞，在桃花源桃花潭下方山坳中，传为渔人出入之古洞。后塌陷不存。今洞为人工开凿，亦仿佛陶记意境。

[金] 元好问

桃源图（二首）

物外烟霞卜四邻，武陵不是避秦人。
软红香土君休羡，千树桃花满意春。

金阙毵毵六月寒，桃花春梦隔征鞍。
青山归计何时办，画卷空留马上看。

作者简介：元好问(1190—1257)，字裕之，号遗山，世称遗山先生。秀容(今山西忻州)人，系出北魏鲜卑族拓跋氏。少时与其父元德明生活于山西砂河镇北。七岁能诗，十四岁从学郝天挺，六载而业成。兴定五年(1221)进士，不就选。正大元年(1224)中博学宏词科，授儒林郎，充国史院编修，历镇平、南阳、内乡县令。八年秋，受诏入都，除尚书省掾、左司都事，转员外郎。金亡不仕。工诗文，在金元之际颇负重望。有《遗山集》，编有《中州集》。

[元] 赵孟頫

题商德符学士桃源春晓图

宿云初散青山湿，落红缤纷溪水急。
桃花源里得春多，洞口春烟摇绿萝。
绿萝摇烟挂绝壁，飞流直下三千尺。
瑶草离离满涧阿，长松落落凌空碧。
鸡鸣犬吠自成村，居人至老不相识。
瀛洲仙客知仙路，点染丹青寄轻素。
何处有山如此图，移家欲向山中住。

作者简介：赵孟頫(1254—1322)，字子昂，号松雪，松雪道人，又号水精宫道人、鸥波，中年曾作孟俯。汉族，吴兴(今浙江湖州)人。元代著名画家，楷书四大家(另有欧阳询、颜真卿、柳公权)之一。博学多才，能诗善文，懂经济，工书法，精绘艺，擅金石，通律吕，解鉴赏。特别是书法和绘画成就最高，开创元代新画风，被称为"元人冠冕"。亦善篆、隶、真、行、草，尤以楷、行书著称于世。

［元］萨都剌

桃源行题赵仲穆画

长城远筑阿房起，黔首驱除若蝼蚁。
谁知别有小乾坤，藏在桃花白云里。
桃花重重间白云，洞门锁住千年春。
男耕女织作生业，版籍不是秦家民。
桑麻鸡犬村村屋，流水门墙映花竹。
无端渔父绿蓑衣，带得黄尘入幽谷。
主人迎客坐茅堂，共话山中日月长。
但见花开又花落，岂知世上谁兴亡。
明朝渔父归城市，回首云中若千里。
再来何处觅仙踪，恨满桃花一溪水。

作者简介：萨都剌（1272？—1355），字天锡，号直斋。回族，一说蒙古族。其先世为西域人，出生于雁门（今山西代县）。元代诗人、画家、书法家。泰定四年进士。授应奉翰林文字，擢南台御史，以弹劾权贵，左迁镇江录事司达鲁花赤，累迁江南行台侍御史，左迁淮西北道经历，晚年居杭州。萨都剌善绘画，精书法，尤善楷书。有虎卧龙跳之才，人称燕门才子。有《严陵钓台图》和《梅雀》等画，现珍藏于故宫博物院。其诗风清丽俊逸，文辞雄健，间有豪迈奔放之作。有《雁门集》。

[元] 梁　寅

木兰花慢·桃源

爱山中日月，春渐去，又还来。望水绕人家，云生窗户，岫转峰回。均层层绛桃千树，似丹霞散绮映楼台。世上从教桑海，人间自有蓬莱。　渔郎未必是仙才。偶尔到天台。喜相问相邀，山中肴蔌，树里尊罍。缘何便寻归路，是风波险处未心灰。要似秦民深隐，桃花只好移栽。

作者简介：梁寅(1303—1389)，字孟敬，新喻(今江西新余)人。元明之间诗文家，学者，元末明初著名词曲人物。元末隐居讲学于石门山中。工诗，气味冲澹，颇有自然之致。有《石门集》等。

［元］郭　昂

过桃川宫

桃花流水五云间，咫尺仙凡隔往还。
白鹤不来华表在，翠鸾飞去玉箫闲。
战尘满眼何时了，云驾无由得暂攀。
六载苦辛谁与问，瘴烟空染鬓毛斑。

作者简介：郭昂，字彦高，号野斋，彰德林州（今河南安阳一带）人。至元二年（1265），上书言事，授山东统军司知事，寻改经历，迁襄阳总军司，转沅州安抚司同知，佩金符，招降溪洞八十余栅。播州张华聚众容山，昂率兵屠之，山徭、木猫、土獠诸洞尽降。十六年，以诸洞酋入朝，帝赐金绮衣、鞍辔，进安远大将军。徇沅州西南界，复新化、安仁二县，擒剧贼张虎。二十六年，江西盗起，昂讨之，进逼南安明扬、上龙、岩湖、绿村、石门、雁湖、赤水、黑风峒诸蛮，立太平寨而还。会大饥，以贼酋家资分赈之。授万户，赐金虎符，镇抚州。未几，檄昂赴广东监造战船，行至广东界，遇盗，移檄谕以祸福。广东素服其威信，及见其檄俱降。授广东宣慰使，卒年六十一。

景点简介：桃川宫始建于晋，为桃花源最早建筑。唐初建桃花观祀玄元皇帝。北宋营造分上、中、下三宫，凡一千三百三十楹。宋徽宗政和二年（1112）赐“桃川万寿宫”额。元末毁于兵燹，后屡建屡毁。现已恢复一宫。

［明］应履平

桃洞春风

武陵溪口蔼芳华，飘出东君几度花。
点碧随波流澍雨，落花满地扫晴霞。
渔舟吹入人惊问，鸡黍招邀事可夸。
堪笑当年贤太守，何劳五马访仙家。

作者简介：应履平(1375—1453)，字锡祥，号东轩，禽孝乡外应村(今属浙江奉化)人。十七岁入县学，二十五岁乡试第三名，明建文二年(1400)进士，授福建德化县令，改吏部稽勋司郎中。永乐二年(1404)献《河清赋》，受成祖奖谕，扈从北京，兼署文选、考功二司事。永乐十四年(1416)来任常德(今常德市)知府，方志记载多有善政。宣德二年(1427)迁贵州按察使。正统三年(1438)荐升云南左布政使，八年(1443)因疾致仕。有《东轩集》。

[明] 文徵明

桃 花 源

桑麻鸡犬自成村，天遣渔郎得问津。
世上神仙知不远，桃花只待有缘人。

作者简介：文徵明(1470—1559)，初名壁，字徵明，号衡山居士。明长洲(今江苏苏州)人，祖籍衡山。明代画家、书法家、文学家、诗人。曾官翰林院待诏。与祝允明、唐寅、徐祯卿人称“吴中四才子”，又与沈周、唐寅、仇英合称“明四家”。有《真赏斋图》《绿荫草堂图》《甫田集》等。

[明] 阙 闻

雪 船

流尽桃花片，长年一叶舟。
渺无烟火气，空有浪光浮。
桨断栖寒鹭，冰残狎白鸥。
灵槎闻贯日，似此浩然不?

作者简介:阙闻，字令闻，号岛水。湖南桃源人。南明弘光元年(1645)拔贡。桂王朱由榔建号时赴粤上策，未得重用，乃捐儒服，在岳麓山云麓寺与王夫之、陶汝鼐等潜谋复明，后知大势已去，绝望归里。清初征访隐逸，辞不就，享年八十余卒。有《舌隐堂诗文集》。

景点简介:雪船即烂船洲(一名缆船洲)，位于沅江岸边，黄闻山下。洲形若船，白沙覆盖，故曰雪船，是桃花源的名胜古迹之一，世传渔人系舟于此。

［清］易顺鼎

夜游桃花源憩会仙桥

仙踪不可寻，月照画桥阴。
一径千岩曲，孤亭万竹深。
屐行惊寺犬，烛过起山禽。
静听流泉响，如谈世外心。

临江仙·夜行桃源坞中

一径苍寒人迹断，松毛覆满琴床。笼灯深入白云乡。水田听闹蛤，山寺惹惊龙。　　绝顶天风吹不住，此时散发吟商。翠微诗境自生凉。行歌秦代月，坐啸楚天霜。

作者简介：易顺鼎(1858—1920)，字实甫，又字中硕，自号眉伽、哭庵。龙阳(今湖南汉寿)人。清末官员、诗人。光绪元年(1875)举人，张之洞曾聘他担任两湖书院经史讲习。著有《琴志楼编年诗集》等。

胡 绳

游桃花源

湖湘千里庆丰收，更逐渔人旧径游。
小饮擂茶看茂竹，桃源长在世间留。

作者简介：胡绳(1918—2000)，江苏苏州人。著名马克思主义理论家，中国著名哲学家、近代史学家。曾任中共中央党史研究室主任，中国社科院院长。中国人民政治协商会议第七、八届委员会副主席。主要著作有《帝国主义与中国政治》《中国政治》《中国近代史提纲(1840—1919)》《从鸦片战争到五四运动》等；主编《中国共产党的七十年》；参与起草《关于建国以来党的若干历史问题的决议》和修订新宪法。

费孝通

桃花源曲

幼读陶令诗，今来桃花源。
拾级上高台，攀登何用劝。
怪我乏自知，安识老人愿。
微雨松涛静，客来鸟语喧。
翠竹情滴滴，黄菊意拳拳。
此世无须避，龙鱼跃深渊。
秦汉既难问，魏晋亦已远。
不劳渔翁觅，遍地建乐园。

作者简介： 费孝通（1910—2005），江苏吴江人。当代著名社会学家、人类学家、民族学家、社会活动家，中国社会学和人类学的奠基人之一。第七、八届全国人民代表大会常务委员会副委员长，中国人民政治协商会议第六届全国委员会副主席。著有《文化论》《人文类型》等著作。

曹　瑛

游桃花源

初冬竟绽碧桃花，陶令岂真解意耶？
桃花源里遗风在，杀鸡烹鲤献擂茶。

注：1982年11月，中顾委委员曹瑛游览桃花源。此时，一枝碧桃花提前开放，好似迎接贵宾。曹老十分高兴，为桃花源题写了不少古人诗句，还特意从北京寄来自己的七言诗。

作者简介：曹瑛（1908—1990），湖南平江人，化名石磊。历任中共赣北特委委员，中共南京市委、江苏省委负责人，中共湖南省委常委、长沙市委书记，中国驻捷克斯洛伐克大使，对外文化联络委员会副主任，第四届全国政协常委，中共中央纪律检查委员会常委，中顾委委员。著有《叔世忠荩——曹瑛自传、诗文选》。

杨汇泉

桃花源抒情三章

五柳湖

湖波何意也滔滔，莫谓骚人下海潮。
独幕青青堤畔柳，静观潮涨又潮消。

桃花溪

十里桃花舞弄妖，渔舟指点也徒劳。
一川美景无人恋，偏爱崎岖路远高。

秦人村

夜宿秦村非避秦，留连竹翠柏森森。
红楼歌舞撩人醉，不及农家腊酒浑。

作者简介：杨汇泉，1932年生，原名杨云山，中共党员。1949年8月，随军南下湖南，历任中共南县第五区区委书记，共青团常德地委副书记、书记，常德地委组织部副部长，桃源、澧县县委书记，常德地委副书记、行署副专员、专员。1983年5月，杨汇泉当选为湖南省副省长，1988年1月换届时连选连任，1989年5月被罢免湖南省副省长职务。后任湖南省政府顾问，1994年补选为第七届湖南省政协副主席。著有《湘江北去》《遥远的美丽》。

蔡长松

桃花源诗（三首）

主事四载，沉于政务，久不吟咏。今乘开发桃花源之兴，表爱我常德山水之情，偶得数句，聊以成章。是诗耶，非诗耶？

桃源梦里行，寐后起浓情。
岂只奇文出，全凭双手成。

竹禽茅舍一家家，百态千姿满目花。
难尽秦村风韵好，何须览胜走天涯。

常携本郡武陵郎，踏步渔歌入幻乡。
水府阁前花斗艳，秦人村里树添香。
年前好景休寻短，岁后奇观独见长。
不是东风催细雨，那来新貌付春光。

作者简介：蔡长松，1941年生。湖南望城人。曾任常德市委副书记、常德市市长，海南省委副书记、省纪委书记、海口市委书记。2008年任中央纪委、中央组织部第六地方巡视组组长。中共十五届中央委员会候补委员、中纪委委员，第十六届中纪委委员。著有《湖海诗词集》《靖港，我的家》等。

霍松林

游桃花源（二首）

当年野洞忆藏身，洞里终难避暴秦。
似见陶公驰幻想，亦知无处问迷津。

无君无岁有田园，果大鱼肥稻浪翻。
我是秦人秦已灭，也思移住武陵源。

作者简介：霍松林（1912—2017），字懋青，甘肃天水人。曾任陕西师范大学文学研究所所长、教授、博士生导师，中国诗词学会副会长，中国杜甫研究会会长。著名中国古典文学专家，文艺理论家、诗人、书法家。著有《唐音阁吟稿》《文艺学概论》《白居易诗译析》《西厢记简说》等。

羊春秋

【仙吕·一半儿】桃花源偶题（三首）

武陵春去始登临，洞口桃花应笑人。唤取那黄莺仔细问，可怜春，一半儿沉醉一半儿醒。

遇仙桥上豁然亭，眼底红尘洞里秦。怪底那渔翁迷了津，变幻纷，一半儿风雨一半儿晴。

兴亡往事付渔樵，劫后犹存松菊高。莫信那渊明但啸傲，细推敲，一半儿梁甫一半儿骚。

作者简介：羊春秋（1922—2000），字子高，笔名公羊。湖南邵东人。著名文史学家、诗人、韵文学专家，中国当代散曲界的旗手。曾任湘潭大学中文系主任，教授，湘潭大学学术顾问。中国韵文学会会长、中国散曲研究会名誉理事长、海峡两岸散曲研究会理事长。著有《散曲通论》《唐诗百讲》《李群玉诗集辑注》《迎旭轩韵文辑存》等及主编《历代论诗绝句选》《历代人物传记丛书》等。

杨第甫

临江仙·桃花源

小雪后一日，与曹瑛夫妇游桃花源，喜见枝头几朵桃花，笑靥迎人。接待所同志云：有冬桃花，但不常见。

挈好偕朋来问津，孟冬小雪初晴。洞中残菊傲霜侵。陶令知何去？方竹绿森森。　　今日桃源非世外，神州处处村村。桃花也解此中情。一枝先独秀，笑靥迓嘉宾。

作者简介：杨第甫（1911—2002），湖南湘潭人。曾任湖南省第五届政协副主席、党组书记，第六届全国政协委员，中华诗词学会副会长，湖南省书法协会名誉主席，湖南省诗词协会名誉会长。著有诗集《心潮集》，后补充新作，易名《世纪回眸》出版；长篇回忆录《吹尽狂沙》。

唐之享

桃花咏

桃源县以桃花为媒，1993年3月举办桃花节，广交四方宾朋，加强招商引资。我很高兴应邀参加，盛开的桃花让人心花怒放，更为县委、县政府扩大开放的举措高兴。常德市和桃源县人民政府推出了上千个引资项目，到会客商洽谈十分踊跃。

三月桃花映颊红，其华灼灼引群蜂。
含苞怒放百花妒，画意诗情在此中。
八方游客似长龙，县委招商成果丰。
文化搭台唱大戏，桃花源里舞东风。

作者简介：唐之享，1945年生。湖南东安人。曾任湖南省副省长、湖南省人大常委会副主任、湖南大学研究生院名誉院长、湖南省诗词协会名誉会长等。著有《以德治国论》《兴湘之本：湖南教育改革与发展探索》《岁月诗痕》等。

赵焱森

游桃花源

桃花十里溯仙源，阁倚溪云对洞天。
客到秦村歌舞醉，路延古栈酒旗悬。
千秋名胜扬风雅，一记文章立史篇。
夜静山庄邀月饮，武陵春晓任挥鞭。

作者简介：赵焱森，1939年生。湖南华容人。曾任中共湖南省纪律检查委员会副书记、湖南省人大常委会委员、中华诗词学会副会长、湖南省诗词协会会长等。现任潇湘齐白石艺术研究院院长。著有《毛泽东颂诗字帖》《昆仑颂》《华夏颂》《清风颂》《乡情颂》等。

彭崇谷

桃花源陶渊明陋室

三间茅舍柳湖边，陶令归来乐耜田。
不涉红尘荣辱事，桃花源里朗阳天。

作者简介：彭崇谷，1954年生。湖南湘乡人。曾任湖南省衡阳市市长、湖南省委组织部副部长、省人力资源和社会保障厅厅长、省编办党组书记；中华诗词学会第三、四届副会长，湖南省诗词协会会长等职。现任中华诗词学会当代诗词曲赋联研究委员会主任。出版《西行诗集》《衡山新语》《捍卫尊严——中国传统文化陷阱论批判》等。

石成林

桃源美景

武陵天下景，梦里是桃源。
月映绿溪水，风香白芷园。
花红来客暖，云碧去禽翻。
不作烟霞约，流连秦竹轩。

作者简介：石成林，1955年生，笔名石正高、石林。曾任正厅级干部，现任丁玲文学创作促进会会长，中国丁玲研究会顾问，《丁玲文学》杂志主编。早年发表经济学、社会学论文200多篇，多次被《中国人民大学复印报刊资料》《中国经济科学年鉴》《经济学文摘》《新华文摘》选载。诗词作品散见于《诗刊》《中华辞赋》《中华诗词》等刊物。已出版《故在诗草》《梦庐诗词》《湖海吟稿》《风过楼吟存》等诗集。

林从龙

桃源洞寻幽

沿溪苔石净无尘，依旧桃林待问津。
云外鸡声疑隔世，洞中风物果怡神。
碑铭晋代耕桑地，情系秦时避乱人。
度尽劫波诗兴在，今朝同享武陵春。

作者简介：林从龙(1928—2019)，湖南宁乡人。大学学历。1949年参军，1958年转业。历任河南省文史研究馆馆员，《中原文史》主编，《中州诗词》主编，中华诗词学会原副会长、顾问，《中华诗词》原副主编。中国诗词研究会名誉会长，世界汉诗协会名誉会长，河南诗词学会会长，中华诗词文化研究所所长，《中国诗词月刊》顾问，《中国当代诗人词家代表作大观》编委会顾问，中国民族艺术家协会学术顾问，中国杜甫研究会副会长等。代表作品《元好问和他的诗》《林从龙诗文集》《林从龙楹联选》《古今名联选评》等。

熊 鉴

游桃花源

骚人向往越千年，艰苦寻来未见仙。
但愿九州皆乐土，子孙不再梦桃源。

作者简介：熊鉴，字章汉，别号楚狂。1923年生。湖南沅江人。鼎革前，以教书为业。1983年退休。1985年被《广州诗词报》聘为编辑，随后转《当代诗词》任编辑编委。作品语言朴实，情感充沛，以敢于说真话著称。诗界多与聂绀弩并论，称为“北聂南熊”。曾为广东省中华诗词学会常务理事、顾问。著有《路边吟草》一、二、三集。

刘有恒

观景台上偶得

雪武峰连鬼斧开，沅江千里破天来。
一条玉带云缠绕，十座青洲水剪裁。
白马雪涛留吏迹，渔村夕照誉仙台。
锦鳞三日同辉耀，胜境春风涤我怀。

作者简介：刘有恒（1940—2019），曾为中华诗词学会会员，原桃源县诗词学会会长、桃花源文化研究会会长，曾任桃源县县长。著有《春秋散咏》《春秋散咏续集》等诗集。

张儒俊

沁园春·桃花源

叠叠岚峰，汩汩清溪，坦道斜阳。看南湾翠竹、一坡锦绣；东山红树，满岭霓裳。蝶舞花丛，莺啼柳上，万木葱茏百卉芳。犹见那，涌泉喷细雾，源远流长。

宜人景色非常。惹无数、游宾远近忙。考秦人村舍，陶公构造;武陵仙境，渔父铺张。太守寻迷，刘君访未，可是天公依样妆？逢盛世，定鸿图再现，更创辉煌。

作者简介：张儒俊，1933年生。湖南澧县人。曾任中共澧县县委组织部副部长、澧县人民检察院检察长等职。中华诗词学会、中国楹联学会、省诗词协会、市诗词学会会员。曾任澧县诗词学会副会长、澧州老年书画院常务理事。著有《憨翁社长诗稿》。

易馥香

桃花源秦溪荡舟

寻芳仙景荡轻舟，我自悠然溯渡游。
世外桃源今焕彩，且听溪水亮歌喉。

作者简介：易馥香，1956年生。曾任民办教师、村党支部书记，现任鼎城区草坪诗社社长。

胡春英

满庭芳·访常德桃源古镇

袅袅炊烟，萋萋芳径，桃林夹岸流丹，鹭栖高树，秦洞隐良田，移步桃花渡口，随溪水，寻觅桃仙。斜阳下，落英万点，洒向白云边。

嗟叹，林壑外，新修古镇，再续仙缘，望阡陌纵横，楼阁巍然，别墅庭园酒店，迎游客，购物休闲，陶公梦，今朝才是，欢乐武陵源。

作者简介：胡春英，女，1951年生。湖南常德人。笔名南山古月。中华诗词学会、湖南省诗词协会、常德市诗词学会会员。

曹丽芳

秦溪演出实景

一声吆喝味无穷，棹入秦溪借暖风。
田妇捣砧音渺渺，村童戏柳影蒙蒙。
但惊耕读奏奔马，更喜渔樵醉落红。
曲水丘山云雾绕，如真似幻画图中。

作者简介：曹丽芳，女，1962年生。湖南省诗词协会会员，常德市诗词学会会员。

景点简介：大型溪流漫游演出《桃花源记》，根据原著中的描写，溯秦溪而上，开启“桃花源”的寻梦之旅。在秦溪两岸4.6公里的演区内，打造与自然景观浑然天成的河流剧场。18个演出点被河流剧场串成一线，重现千百年华人心中魂牵梦萦的梦幻场景。

万石诗

桃花源水府阁

抛舟拾级到危巅，更上层楼入九天。
疏落渔村溶夕照，萦回碧水恋清渊。
茫茫林海山疑浪，灼灼桃花树欲燃。
借问今朝骚苑里，谁堪高咏压陶篇。

作者简介：万石诗，1948年生。湖南岳阳人。中华诗词学会会员、湖南省诗词协会第四至七届理事会理事、常德市诗词学会第六至八届常务理事、津市市兰津诗社第七至十届社长。

景点简介：桃花源水府阁，高36.3米，为重檐歇山式四层楼阁，高踞沅水南岸山顶，与潇湘八景之一的“渔村夕照”隔江对峙，江天空阔，气势雄浑。

龚小平

春日登水府阁

青峰迤逦翠如流，碧浪奔来一揽收。
艳艳桃开红映日，依依柳放绿牵舟。
随云鸟过梵音醉，惬意风轻玉笛悠。
漫望洞庭三百里，忘怀得失忘春秋。

作者简介：龚小平，1977年生。桃花源一中高级教师，桃源诗刊社副社长，《仙境》诗刊总编。为湖南省诗词协会、常德市诗词学会会员。

董成亮

桃花源水府阁临眺

青山隐隐含长岛，浩荡桃川至此回。
水绕洲头三日现，溪缘山脚几舟归。
洞中棋事今犹在，渚上渔艖昔已非。
谁解江边夕照里，楚峰默默意何为？

作者简介：董成亮，1953年生。常德市桃花源风景名胜区第一中学退休教师。中华诗词学会会员，湖南省诗词协会会员。

柳 叶 湖

景点简介：柳叶湖，因湖面形似一片柳叶而得名，是五万年前形成的一个天然湖泊，属于西洞庭湖的一部分。坐落在湖南常德古城东北，东临洞庭湖，南临沅水，西依武陵山，北枕太阳山，是集山、水、田园、城四位一体的复合型旅游度假区，被誉为“中国城市第一湖”和“城市环抱的水上天堂”。拥有卡乐星球欢乐世界、大唐司马城、司马楼、欢乐水世界、柳湖沙月（沙滩公园）、螺湾观鸟湿地公园、东岸栈桥、环湖风光带、白鹤旅游小镇、高尔夫国际俱乐部、常德河街、德国风情街、“太阳谷”美丽乡村、柳毅传书（湖仙岛）、柳叶诗韵、柳叶风帆等景区景点，基本形成了湖泊休闲、森林休闲、城市休闲、乡村休闲的发展格局，成为众多游客休闲度假的旅游目的地。柳叶湖旅游度假区成立于1993年，是国家4A级旅游景区、国家水利风景区、省级旅游度假区。 2020年11月30日，被国家文旅部公布新增为国家级旅游度假区。

刘庆云

临江仙·柳叶湖

远岫逶迤雾锁，湖波浩渺烟笼。水晶盘里小瀛蓬。鲜鳞翔浅底，白鹭点苍松。　　休道春寒料峭，环堤未着花红。武陵人自意摩空。飞舟方破浪，沉醉快哉风。

作者简介：刘庆云，女，1935年生。湖南长沙人。1962—1965年为武汉大学研究生，师从刘永济、沈祖棻教授研读唐宋文学。后从事文艺、新闻、教育工作，为湘潭大学中文系教授，曾任系主任。现任中国韵文学会常务副会长、《中国韵文学刊》主编、湖南省诗词协会副会长。著有《词话十论》《词曲通》等。

罗建平

晨读柳叶湖

欲寻司马步芳堤，忽听德语诵竹枝。
岸柳梳弦敲雅韵，一湖碧水化唐诗。

作者简介：罗建平，女，1955年生。湖南湘乡人。笔名罗怡，在副厅级领导职务任上退休。现为中华诗词学会常务理事、中华诗词学会当代诗词曲赋联精品委员会常务副主任、湖南省诗词协会顾问兼省女子诗词工作委员会主任。出版有《美美小憩》《追梦吟》《怡园小曲》。

吴继强

鹧鸪天·游柳叶湖

湖似天然柳叶生，入怀月色最怡情。犁开雪浪千重碧，泛起烟波一棹轻。　观落日，听潮声。坐看鱼鸟意相倾。琉璃水净侵诗梦，照得人心也透明。

作者简介：吴继强，1973年生。河南光山人。中学教师，中国楹联学会会员，河南省诗词学会会员，信阳市楹联学会副会长，光山县诗词学会理事。

孙运才

游柳叶湖

何必桃源访旧居，澄波百里霁烟初。
三千鹭影浮天镜，万载湖光撼太虚。
鹤上晴空花气漫，人临曲岸柳风梳。
低垂最爱柔条细，只钓清凉不钓鱼。

作者简介：孙运才，1973年生。安徽无为人，客居南京。自学诗词格律，参加各类诗词楹联大赛偶有获奖。

王　辉

暮宿柳叶湖

清流一派接潇湘，鹭影鸥声共渺茫。
歌带楚音思屈子，楼依荆浦忆刘郎。
柳阴正蓄氤氲气，诗壁新成馥郁香。
月满湖桥霜满地，恍疑人在水中央。

作者简介：王辉，1969年生。安徽人。网名广寒宫主，皖人客秦。绝交游独钟诗酒，兼有丹青之乐，爱文字却不为文字所累，以达者之姿，得超然之境。

汪君澜

春过柳叶湖

闲提纸笔赋嘉辰，水色空明曙色新。
满地芳菲都点破，一湖青绿未调匀。
云生镜面鸥相逐，柳拂肩头风亦亲。
撷取烟波聊寄远，棹歌还唱武陵春。

作者简介：汪君澜，实名汪洋，1970年生。江苏滨海人。中国作家协会会员，中国自然资源作家协会全委会委员，中国地质大学（北京）特聘作家。

张小芬

春到柳叶湖

寒尽潇湘日正高，东风又剪万千刀。
湖天一面如明镜，照得春光无处逃。

作者简介：张小芬，女，1980年生。北京人。诗词爱好者。学校和社团诗词、硬笔书法班培训教师，创作诗词3000余首，多次在全国诗词大赛中获奖。

蒋 娓

西江月·春游柳叶湖

与柳拍张合影，与莺和首情歌。野花风里舞婆娑。谁是心中那朵。
掬捧相思濯面，撷枝离恨摇荷。画船不肯逐清波。坐在水边陪我。

作者简介:蒋娓,女,1970年生。四川人。中华诗词学会会员,中国楹联学会会员。达州市文学艺术院特聘作家,戛云亭诗社副社长,《戛云亭诗词》副主编。

张水泉

柳叶湖颂

彩舲一叶泛清流，人在涟漪画里游。
两岸青山收水底，满轮银月镀峰头。
长堤客醉风摇柳，碧浪鱼飞雾戏鸥。
最是洞庭西景好，赏湖何必旅杭州。

作者简介:张水泉,1955年生。湖南醴陵人。自幼喜好乡土文化,老来自学格律,现为醴陵市、湖南省诗词、楹联协会会员,中国楹联学会会员。

苏 俊

踏莎行·柳叶湖

佳月多情，好风无价，吹来柳叶湖心挂。鹤翻晴雪点银滩，荷张翠盖摇清夜。　　山水田园，楼台亭榭，同游只欠唐司马。龙王庙外听波声，分明细说渔樵话。

作者简介：苏俊，1975年生。广东人。中国楹联学会对联文化研究院评论部主任。有著述多种。

夏晓雨

咏柳叶湖

巧裁柳叶枕天河，一自洞庭匀绿多。
朝看水光明潋滟，暮收日影动婆娑。
七分景入诗豪笔，千里名传野老歌。
若许身从此间驻，兴随鸥鹭钓清波。

作者简介：夏晓雨，女，1980年生。山东人。网名白小白。喜欢文学。做人唯求自在，行文唯应我心。

宋玉秋

沁园春·游柳叶湖

欲访刘郎，重邀陶令，共住桃源。趁一城春色，放舟横棹；万峰花气，对月调弦。柳叶湖中，竹枝词里，更引诗情到九天。悠游处，看流光幻影，滉漾千年。　　清波水静鸥闲，听楚调湘歌唱未阑。恰风铺画卷，淋漓醉墨；山张罗绮，焕彩吟笺。浩荡诗情，从容野兴，尽在纷纭觞咏边。登楼去，唤嫦娥归也，乐此人间。

作者简介：宋玉秋，字静宜，1971年生。辽宁人。号苍葭馆主。中华诗词学会会员，辽宁省作协会员，盘锦诗词楹联学会会长。

刘葆华

泛舟柳叶湖

画手难摹绝妙姿，武陵源里辟瑶池。
舟前白鹭浑无虑，花外青山半属诗。
疏槛补来云几许，熏风吻过柳千丝。
闲听渔唱分高下，尘事浮名两忘之。

作者简介：刘葆华，1972年生。山东聊城人。供职于金融部门，山东省楹联学会理事。

胡小敏

咏柳叶湖

曾经沧海此情痴，五万年来水不移。
蕴玉一湖春似酒，含晖千叠绿生漪。
梦乘柳叶尘波远，心向桃源归棹迟。
风韵无穷堪比拟，美人眸与美人眉。

作者简介:胡小敏,女,1966年生。江西修水人。诗联爱好者。现为中华诗词学会会员,中国楹联学会会员,江西省诗词学会会员,江西省楹联学会名誉理事。

董俊伟

游常德柳叶湖

梦中童话几回寻，柳叶湖光点点金。
传信洞庭鱼隐跃，砍樵花鼓雀讴吟。
波生芳渚湘君泪，鹤唳晴空楚客心。
名片一张谁爽约？不辞千里竞题襟。

作者简介:董俊伟,1973年生。黑龙江七台河人。诗词爱好者。

李铁贤

鹧鸪天·柳叶湖

几朵杏花别样姿，春风驻足变情痴。人行画里哼湘曲，谁立湖前描柳眉。　　停篙橹，数涟漪，莺声暖暖不言迟。波光许我三千梦，白鹭衔来一首诗。

作者简介:李铁贤,女,1975年生。浙江人。中学教师。中华诗词学会会员,温岭诗协理事,《百味诗词》主编。

罗　伟

游柳叶湖

绿水红尘此地分，初阳棹向白鸥群。
柳烟飞翠全笼岸，花气吹香半是云。
寻胜髡残应入画，浮舟屈子岂无文。
平波渺渺人何处，唯有春风百草薰。

注：柳叶湖是清代大画家髡残的故乡，屈原曾经过这里。

作者简介:罗伟,1974年生。现居上海。曾获首届吴昌硕国际艺术奖、海岳杯、凤山杯、清照杯、东华禅寺杯等奖项。

张学理

咏柳叶湖

写意江南画卷长，点睛之处在沅湘。
一湖烟景延嘉客，千古风流咏锦章。
司马楼观云映水，太阳山照木生光。
诗墙十里题无尽，梦境仙乡是楚乡。

作者简介：张学理，1975年生。湖南华容人。中国注册会计师，爱好古典文学，擅长诗词创作，作品曾多次在全国诗词比赛中获奖。

张亚辉

定风波·情动柳叶湖

晚对唐城醉画楼，空灵烟柳起盟鸥。转向谁家春阁外，花海。闲吹凤笛似无由。　　影入湖心明月榭，今夜。波光镀满小兰舟。思化繁星难载动，如梦。低头一笑最温柔。

注：唐城，指大唐司马城。

作者简介：张亚辉，女，1972年生。河南平顶山人。退休职工。

刘经平

柳叶湖桥梁赞

柳湖佳致集于桥，异彩纷呈别样娇。
龙脊沾天金偠袅，仙缘栖月玉镌雕。
清晖晓雾诗成醉，翠色晴烟鹤可招。
道道长虹横碧水，舟车各自乐逍遥。

作者简介：刘经平，1959年生。大学文化。曾任常德市人大常委会研究室主任，常德市畜牧水产局局长、党组书记，常德市政协副秘书长。现为中华诗词学会会员、湖南省诗词协会常务理事、常德市诗词学会常务副会长兼秘书长。

景点简介：柳叶湖的桥，是柳叶湖旅游度假区一道亮丽的风景。桥梁众多，形态各异，有柳叶湖大桥、沾天湖东岸栈桥、龙脊桥、泉水桥、观荷桥、仙缘桥、姻缘桥、栖月桥等二十多座异彩纷呈的桥梁。巧夺天工，栩栩如生，桥桥相连，浑然一体，每一座桥梁都是一件精美的艺术品。

马承斌

渔家傲·柳叶湖

锦绣柳湖晨醒早，曦光初露闻啼鸟。碧水粼粼轻雾渺，烟云袅，阳山脚下清风绕。　　漫步林荫蝉亮哨。琼楼俯瞰今奇妙。赛道莺飞嬉水笑，墨客俏，喜观亭阁灯辉耀。

作者简介：马承斌，1952年生。退休干部。湖南常德人。中华诗词学会会员，湖南省诗词协会、常德市诗词学会会员。

杜修岳

【正宫·小梁州】游柳叶湖

柳湖风景最修姱，柔柳栖霞，长堤上无处不飞花。尤潇洒，蕉影里见吴娃。［么］湖波潋滟纤尘寡，荡荷香愈远还佳。有意思，摊开帕，包些儿风韵，一散遍天涯。

作者简介：杜修岳，1941年生。湖南澧县人。曾任县委常委、县委宣传部部长等职务。中华诗词学会会员，湖南省诗词协会理事，湖南作家协会会员，常德市书法家协会理事，常德市诗词学会副会长，澧县诗词学会会长。著有《晴瞰集》《清风集》《水云居诗稿》《水云居文稿》等，主编诗文多部。书擅行篆，镌刻于多处诗墙碑林。

林世琨

又游柳叶湖

数载暌违今又游，风光远比昔时优。
楼台耸立堪称雅，舟艇疾驰可谓牛。
异卉万株皆艳丽，垂柳千树尽轻柔。
此湖不逊西湖美，况有清奇司马楼。

作者简介:林世琨(1921—2021),湖南常德人。大学文化,中学教师,中共党员。中华诗词学会会员,常德朗州诗艺社顾问,中国国学研究会研究员,个人著作已出版《惜花轩诗集》《惜花轩诗歌选集》《林世琨诗文选集》三卷。

彭德初

雨中游柳叶湖

平湖烟雨伴春归，万顷波涛涌翠微。
柳叶无涯抛眼色，桃花有意暖心扉。
刘郎诗句排空上，骚客歌声逐浪飞。
极目阳山云雾绕，梳妆神女恰描眉。

作者简介:彭德初,1944年生。湖南临澧人。中共党员,转业军人。系中华诗词学会会员,湖南省诗词协会、常德市诗词学会、临澧县诗词学会会员。出版有诗词集《诗路韵语》。

康存波

登司马楼

四月柳湖韶景开，轻风约我上楼台。
临窗借得刘郎笔，裁片春光写未来。

个人简介：康存波，1953年生。湖南常德人，公务员退休。现系中华诗词学会会员，湖南省诗词协会会员，常德市诗词学会会长助理兼副秘书长，《常德诗词》编委。

常德诗墙

景点简介：中国常德诗墙，是以近4公里沅江防洪墙为载体修建的一座旨在弘扬中华传统文化、加强爱国主义教育的诗墙。

中国常德诗墙荟萃了中国当代名家诗词、书法、美术精品，镌刻于一墙，被称为世界最长的诗、书、画、刻艺术墙，获“上海大世界基尼斯之最”。诗墙分《百代沧桑》《名贤题咏》《武陵佳致》《兰芷风华》《华夏新声》《五洲撷英》《时代风采》《千古绝唱》八大篇章，选刻自先秦以来有关常德的诗作和中外名诗1530首。诗词用书法形式表现，由全国(包括港澳台)1213名书法家书写，真、行、隶、篆、草集于一墙。其间刻嵌43幅精美的中外石壁画。各大篇章墙名和篇名，分别由我国当代著名书法家赵朴初、沈鹏、启功、颜家龙、孙其峰、王学仲和萧娴、张仃、臧克家、方毅、陈天然等题写，曹禺、舒同、吴作人等大家，生前也分别作了“武陵风流”“风景这边独好”等题签。

诗墙以其丰富的文化内涵、积极的思想内容和精美的艺术形式吸引着八方来客。当代诗、书、画界誉它为“三绝诗书画”“亘古展开的艺术长卷”“名邦首创”“中华一绝”；我国台湾著名学者余光中称它为“诗国长城”“半部文学史”。

中国常德诗墙获得基尼斯总部命名“世界最长的诗、书、画、刻艺术墙”，并被朱镕基同志称赞为“一大创造”。乔石同志亲笔书写的《离骚》长卷也镌刻在常德诗墙上。海峡两岸关系协会会长汪道涵看后称赞常德诗墙不仅是常德的一大景观，更是常德一绝。中华诗词学会授予它“全国诗教先进单位”称号。

中國常德

武陵風流

中日常德會戰

王轶猛

中国常德诗墙赞

湖光山色早闻名，何日黄河彻底清。
但愿八纮归一宇，挥毫献颂庆升平。

作者简介:王轶猛,1922年生。湖北监利人。台湾著名书法家。原名克培,号三力斋主,为王遐举胞弟。现定居美国。

杨　强

观常德诗墙感吟

空蒙烟水芷兰芳，高捍波涛数仞墙。
字起龙蛇蟠壁色，诗悬日月动灵光。
名贤长共江山在，逸兴堪随鸥鹭翔。
千载骚魂谁继踵，风流终古属沅湘。

作者简介:杨强,网名杨雪窗,1987年生。湖北襄阳人。搜韵诗词讲师,浙江卫视《向上吧！诗词》总冠军。曾获《诗刊》2020年度陈子昂青年诗词奖,参加中华诗词学会举办的第十一届“青春诗会”,获第二届“谭克平青年诗人奖”,担任第二届“湘天华杯”诗词大赛诗部评委等。

招 屈 亭

景点简介：招屈亭，位于常德市南碈附近的沅江边上，系郡人为怀念三闾大夫屈原而建，秦已有之。屈大夫独怀孤忠，不满朝廷弊政而自沉汨罗江而亡。传唐刘禹锡被贬常德十年，在招屈亭附近建有陋室栖身，唐代此亭亦存。历代建亭，屡坏屡修，至民国已颓毁。此为1991年市修建常德诗墙时按原址重修，2021年3月被常德市人民政府公布为常德市历史建筑。

陈国安

招 屈 亭

沅水悠悠诵楚骚，诗墙长卧一亭高。
倘能善政如时雨，屈子魂归岂用招。

作者简介：陈国安，1945年生。湖南益阳人。中共党员，常德诗墙管理处退休干部。中华诗词学会会员，中国楹联学会会员暨对联文化研究院研究员，中国老年书画研究会会员，湖南省书法家协会会员，湖南省楹联家协会对联文化传承人，湖南省诗协第六届常务理事，常德市诗词学会、楹联家协会、书法家协会顾问。

武 陵 阁

景点简介：武陵阁，因常德古称“武陵”，且正对市城区中心大街武陵大道得名。武陵阁与春申阁、排云阁、渔父阁一起雄踞于沅江之滨，且镶嵌于“中国常德诗墙”之间，登阁可一览沅上风光。

张曦微

春日登武陵阁

久作武陵客，莼鲈暗自萌。
庭前看竹影，槐下读书声。
雨润花千树，楼瞻水万程。
翩翩江上鸟，来去一何轻。

作者简介：张曦微，1973年生。中华诗词学会会员，中国楹联学会会员，常德市诗词学会副会长，常德市楹联家协会副主席。现任教于湖南文理学院。

笔 架 城

景点简介：笔架城，位于常德市武陵路起点、雄伟的武陵阁面向沅水的右侧。笔架城因其形状如笔架而得名，由并列的三角形五个城垛构成，中间一垛最高，两侧依次稍低，皆为青砖砌筑。常德的笔架城，是同东南方向德山的文峰塔对应而建。文峰塔是笔，配合笔架城，象征常德地方人才辈出，文运昌盛。

笔架城下的育英小学，为宋代儒学和元代文庙遗址。儒学乃古代施教孔孟之道的所在，笔架城为儒学的配套装饰建筑，以此鼓励莘莘学子勤习笔墨，攻读五经四书。笔架城曾多次修缮，有史可查的有七次。清同治《武陵县志》载："崇祯十一年，邑人杨嗣昌奏请加修，三年竣工，拆旧易新，极其壮固。"1980年，常德市人民政府又拨款整旧如新。游人登临笔架城极目眺望，滔滔沅水从脚下流过，广袤的绿色乡村尽收眼底，成了市民休闲的好场所。

刘 明

笔 架 城

武陵阁旁，沅江岸边。笔架五垛，巍然指天。
侧低中高，垒石砌砖。魁星点斗，椽笔翘尖。
勒朱勾红，发榜画圈。文昌势炽，炬举运延。
宋儒学府，元代庙坛。笔架高置，祈神敬天。
风雨相摧，遣匠修缮。“城加三尺”，阁老奏言。
一九八〇，依旧筑建。凌波聚气，状胜从前。
登临极目，眼纳江天。孤峰德隆，洞庭波宽。
武陵多情，岸芷汀兰。状元刊石，煊赫一览。
俊杰辈出，勋功斐然。气象宏阔，渊深流远。
枢璇当顶，吉光灿灿。瞻而拜之，文脉长绵。

作者简介：刘明，1956年生。湖南常德人。中国书法家协会会员，中国楹联学会会员。2010年由人民出版社出版政论散文集《大题小论》上下两卷。报刊发表楹联作品二百余副。据不完全统计，全国有七十余家网站推送所写四言诗两千多首。退休前系常德市人大常委会主任。

熊月华

笔　架　城

五垛神垣伴序庠，遗情笔架泛波光。
魁星点斗心倾雅，阁老修城意润长。
十里诗墙凝妙用，八千将士共存亡。
物华渗透风云史，移步便携翰墨香。

作者简介：熊月华，女，1969年生。湖南常德人。大学本科毕业。中学高级教师，鼎城区政协委员、鼎城区老干网宣协会副秘书长、微刊执行主编、常德市鼎城区诗词学会会员。

明新保

陪客登笔架城观沅江

东去沅江浪不惊，春秋历越见枯荣。
古城已换新容色，今客难闻旧橹声。
笔架千年文翰立，彩虹两岸卧波横。
西来贵友应知晓，满目清流是我情。

作者简介：明新保，1953年生。湖南常德人。原鼎城广播电视局退休。中华诗词学会会员，常德市诗词学会会员，中华辞赋学会会员。著有诗词歌赋集《毗玲庐吟》。

太 阳 山

景点简介：太阳山森林公园，位于湖南省常德市北部，距常德市中心武陵区约15公里，常德著名的风景区之一。其中的太阳山主峰是武陵山脉向东延伸的最后一座高峰，其峰高568米。太阳山与城郊的沾天湖和城区柳叶湖旅游度假区融为一体，山上空气新鲜，环境幽静，景色优美，是游玩、休闲、度假的最佳场所。

近年来，常德太阳文化打造团队，致力挖掘太阳文化特色资源，已将太阳山打造成了太阳文化朝圣地，成为文旅界令人瞩目的新亮点。太阳山山顶，现已集聚着三大文化项目：一是“最多原生石垒砌的石像——盘古坐像”，二是“年代最久的楚人祭祀天然太阳神像”，三是“最长的摩崖石雕群——太阳山壁画”。凭着“世界之最”的身份，它们全被载入上海大世界基尼斯纪录，成为太阳山文旅开发的三块金字招牌。

［唐］刘禹锡

阳山庙观赛神

汉家都尉旧征蛮，血食如今配此山。
曲盖幽深苍桧下，洞箫愁绝翠屏间。
荆巫默默传神语，野老娑娑启醉颜。
日落风生庙门外，几人连踏竹歌还。

［宋］周必大

太 阳 山

秦人溪畔汉人山，万木参天六月寒。
写向汤休诗集里，老僧要作画图看。

作者简介：周必大(1126—1204)，字子充，一字洪道，自号平园老叟。庐陵(今江西吉安)人。南宋名相，政治家、文学家。出身名门，原籍河南郑州管城，为避战乱徙居文成(今浙江温州文成县)。绍兴二十一年(1151)进士，二十七年举博学宏词科。官至左丞相，封益国公。绍熙二年(1191)被贬潭州(长沙)通判。周必大应是在长沙任职期间来游览过鼎州风景名胜，并留下了《游阳山》等诗作。

［元］宋 褧

阳 关 图

前春别宴武陵溪，候馆垂阳暖拂堤。
忽见画图疑是梦，故人回首洞庭西。

作者简介：宋褧(1294—1346)，字显夫，元大都宛平人。元至治元年(1321)左榜状元、翰林国史院修撰宋本弟。泰定元年(1324)擢进士，除秘书监校书郎。充任安南使者朝贡归，选充馆伴使，改翰林国史院编修官。詹事院立，选为照磨，寻辟御史台掾，转大禧宗禋院照磨，迁翰林修撰。至元初擢监察御史，出佥山南廉访司事，改陕西行台都事。寻召拜翰林待制，迁国子司业，与修宋、辽、金三史，拜翰林直学士，寻兼经筵讲官。卒年五十有三，赠国子祭酒、范阳郡侯，谥“文清”，有《燕石集》。

［清］袁中道

早春鼎州梁山道中

担风握月为春忙，桐帽棕鞋野客装。
山芋入盘存药气，松毛着火带脂香。
才离僧寺遮天树，又见人家映水篁。
近日有文新誓墓，永同逸少问金堂。

作者简介：袁中道(1570—1626)，字小修，一作少修。明湖广公安(今属湖北)人。文学公安派领袖之一，与兄袁宗道、袁宏道并称“公安三袁”。万历四十四年(1616)进士，授徽州府教授，止于吏部郎中。其文学主张与宏道基本相同，强调性灵。他较两兄晚殁，目睹模仿公安派的文人的流弊，晚年又形成以“性灵”为中心而兼重“格调”的思想。袁中道曾两次专程来游览桃花源，第一次是万历三十七年春天，由龙襄、龙膺接待并陪同；第二次是万历四十一年春天，袁中道乘着自己的“凫舟”来，杨嗣昌则是乘着自家的游船“秋舫”迎接并陪同。著有《珂雪斋集》20卷、《游居杮录》20卷等。

陈作耕

登太阳山

名山循旧约，胜日共攀行。
仰首灵光照，寻幽古磬鸣。
江流飘玉带，湖影映新城。
日落渔舟远，依依客子情。

作者简介：陈作耕，1945年生。深圳市福田区委原常委，深圳市工商联原副主席、巡视员。现为深圳市诗词学会顾问、深圳市长青诗社荣誉社长、岭南儒商诗会总顾问、常德市诗词学会顾问、粤港澳大湾区中华诗词文化促进联谊会会长。

胡亦文

阳山飞霞

幽壑鸣泉古刹钟，鹰盘金顶草惊风。
天孙不负阳神意，织就红绡饰玉峰。

作者简介：胡亦文，女，1950年生。湖南常德人。现为中华诗词学会会员、湖南省诗词协会会员、潇湘散曲社会员、常德市诗词学会会员、常德市四言研究会会员。

童中贤

忆江南·太阳山

阳山好，盘古显神功。辟地开天刊日月，云蒸霞蔚物华浓。玉岭走蛟龙。

阳山好，放眼漫晴岚。辉洒田园凝紫气，风和碧水醉云天。怎叫不流连。

阳山好，风景应时新。梅骨生香和雅颂，松枝傲雪绝风尘。崩响醒乾坤。

作者简介：童中贤，1962年生。湖南汉寿人。湖南省社会科学院（湖南省人民政府发展研究中心）研究员，享受国务院政府特殊津贴专家。现任中华诗词学会当代诗词曲赋联精品研究会副主任，湖南省诗词协会副会长兼秘书长。湖南省作家协会会员。出版学术著作20余部，以及个人诗集4部。曾获丁玲文学奖。

康存波

鹧鸪天·太阳山

山色朦胧树影长，烟霞路上木生香。松边便有千年鹤，水里偏垂万丈光。　　枫叶赤，菊花黄，刘公昔日此徜徉。竹枝一唱凌云志，健步登高摸太阳。

穿紫河

景点简介：穿紫河是贯穿常德主城区的“金腰带”，是一条流淌了千年的城市内河。在长达18公里的穿紫河两岸，古城、古街、古桥、古码头，再现了常德古城风貌。在穿紫河东段，以麻阳街、大河街和小河街为原型，依据历史传说及常德本土文化打造了集旅游、商业、文化、历史于一体的常德记忆古街。在某种意义上，常德河街是烙印在常德的“清明上河图”，也是常德人留住乡愁的一个地方。特别是2024年3月19日，习近平总书记来到湖南省常德市，视察了位于穿紫河畔的常德河街，了解历史文化街区修复利用、城市水环境综合治理等情况，给常德穿紫河、常德河街赋予了无限生机与活力，极大地提高了常德穿紫河和河街的知名度。跟随总书记的脚步，现在人们游穿紫河和常德河街，更能感受千年古街的历史变迁，感受老常德风味，感受非遗里的美好生活，体会历史文脉和城市空间的融合，体会城市发展更新的活力。

蔡建和

游穿紫河

武陵夜雨巧梳妆，春满枝头各竞芳。
十里河街行画里，星光桨影比苏杭。

武陵河街早春即景

烟笼寒水鸟啄春，杨柳依稀掩古津。
浪拍乌篷摇旧梦，风吹酒肆散余醇。
芦丛不见砍樵客，石渚多临垂钓身。
借问诗豪何处去，应夸曾做武陵人。

作者简介:蔡建和,1960年生。湖南常德人。曾任澧县县长、常德市人民政府秘书长、湖南省委统战部副部长、湘潭市委副书记(正厅级)、省委农村工作部部长、湖南省委组织部副部长(正厅级)、湖南省第十三届人大常委会委员等职。现任湖南省诗词协会会长,中华诗词学会常务理事。出版诗集《星夜遥寄》。

周运来

游河街感怀

穿紫河边漫步行，当街美食爽心情。
轻车济济沿堤泊，小店离离傍岸营。
勿忘倭奴焚老巷，亦钦巧匠复新城。
千年古迹今重耀，领袖亲临再向荣。

作者简介：周运来，1959年生。湖南常德人。中共党员，大学学历。曾任湖南省常德市发展和改革委员会主任、中共常德市经济技术开发区工委书记、中共常德市委副厅级干部。现为中华诗词学会会员，湖南省诗词协会常务理事，常德市诗词学会会长，《常德诗词》编委会主任。曾由五洲传播出版社出版长篇小说《大湖波澜》。

商中贤

常德河街夜景

游人欢笑擦肩过，金字招牌品类多。
最爱擂茶乡土味，丝弦乐伴柳湖波。

作者简介：商中贤，1957年生。中专文化，公务员退休。系中华诗词学会、湖南省诗词协会、常德市诗词学会会员。《常德诗词》编委，常德市诗词学会副秘书长。

姚绍举

游览常德河街

复古新城大不同，云楼逵路媲瑶宫；
河街灯影河街月，柳叶湖光柳叶风。
薄雾当前疑海市，繁花托景折英雄；
而今秀出芙蓉国，怀旧浑如梦幻中。

作者简介：姚绍举，1964年生。湖南常德人。本科学历，学士学位。早岁从军，转业后从政。曾任常德市诗词学会会长助理兼办公室主任、《常德诗词》副主编、《兰芷清吟》微刊主编、竹韵汉诗协会会员刊编委、湖南省诗词协会《湘江听潮》微刊特约编委。

康兴民

梦幻河街

灯光溢彩映河边，更醉喷泉接玉蟾。
船客欢心随水荡，古楼吊脚逐波悬。
未沾肴味人已醉，听罢丝弦众不还。
倘若沈君寻旧地，如椽笔下有奇观。

作者简介：康兴民，1947年生。湖南常德人。大专学历，中共党员，曾任中学校长。系中华诗词学会、湖南省诗词协会、常德市诗词学会会员。

娄德华

小年赏河街胜景

彩伞宫灯一路排，龙狮劲舞闹河街。
肆旗入画霓虹秀，铜塑题诗景致乖。
鼎沸弦歌琴瑟瑟，连翩游舫笛喈喈。
陶公梦境上央视，庆幸今贤巧手裁。

作者简介：娄德华，笔名华歌，1962年生。高级教师，湖南省优秀教师，中华诗词学会会员、常德鼎城诗词学会、鼎城老干网宣协会常务副会长，常德市诗词学会副秘书长。

赵亚兰

【南吕·一枝花】春游常德河街

河街歌蕴隆，古意风情弄。千家生意火，万户彩灯红。欢喜无穷，日耀游船动，春回馥郁浓。看天空焰舞花飞，助文旅客来富涌。

作者简介：赵亚兰，女，1967年生。湖南澧县人。大学文化。曾任鼎城区军干所支部书记，鼎城区社区办主任，鼎城区纪委监委驻区法院、驻政府办、驻区委办纪检监察负责人等职。现为湖南省诗词协会、常德市诗词学会会员。《老年人》杂志社特聘通讯员。

紫 月 楼

景点简介：紫月楼，位于常德市城区大小河街东头连接穿紫河南北岸的拱桥上，供游人登临、休憩。登临此楼，可将饱经沧桑的大小河街及逶迤东去的穿紫河尽收眼底。

李安云

登紫月楼

楼角凌空对远洲，轻烟未锁水悠悠。
清宵十里河街火，游客半天穿紫舟。
原为升平兴土木，应将得失入春秋。
闲云不共逝波去，苇叶依依隐钓钩。

作者简介：李安云，回族，1955年生。湖南澧县人。大学学历。曾在澧县政府办、常德市政府办、常德市政府法制办、武陵区法院、常德市中级法院供职。

崔 婆 井

景点简介：崔婆井，在常德城西河洑山麓沅水边，为历史著名古井。传说宋代张虚白举进士不第，游居武陵，常于崔婆酒馆索酒不付钱，经年如此。后问崔氏所欲，崔说江边汲水太难，张遂指舍旁隙地，掘井得泉，甘洌如酒。

［明］应履平

崔婆仙井

老妪香刍古瓦盆，当时胜入杏花村。
云边跨鹤人何在，水底鸣蛙石尚存。
丹灶风残吹短绠，辘轳月落照空樽。
题诗欲问张虚白，说着青鞋恐断魂。

［明］贺　奇

崔 婆 井

过馋每怪张虚白，巧赚无如崔阿婆。
赊取武陵溪口醉，换来河洑酒泉多。
千年有迹劳碑碣，古井无波长薜萝。
若使行吟屈子在，独醒应复不相过。

作者简介：贺奇（生卒年不详），字庸也，一字天放。武陵人。明朝官员。明崇祯贡生，授中书舍人，加兵部职方主事，监察御史。鼎革后，祝发峨嵋，隐滇黔间二十年。《鼎修常德府志》十卷，胡向华修，贺奇、刘昌臣纂，清康熙九年（1670）刻本。

河洑山

景点简介：河洑山，地处常德市西。又称平山、武山、太和山，有大小山岭56个。“平山”的来历，是纪念爱国大诗人屈原。因为屈原被楚怀王第二次流放，主要就是在西洞庭湖地区“行吟泽畔”。《涉江》中说“乘舲船余上沅”，沅水就是在平山下面。河洑山周边地区，集聚了众多的屈原文化遗迹，如沧浪之水、招屈亭、屈原港、屈原巷等等。屈原去世之后，常德地方人民聚集在招屈亭为他招魂，再往后的龙舟竞渡活动中，也明确了纪念屈原的主题，以致刘禹锡在《竞渡曲》的小序中，开篇便称“竞渡始于武陵”。屈原名“平”，因此将河洑山改称“平山”以示纪念，顺理成章。

河洑山地势险峻，东临渐河，南濒沅水，西邻桃花源，为楚南佛、道名山。1994年辟为河洑国家森林公园。

［明］袁宏道

九日登高河洑山

高阁俯苍崖，下有花源路。
料得避秦人，入山从此去。
潭水洗山肤，肤尽红霞露。
老蛟挟瘦石，千古盘涡怒。
溪上尽渔郎，谁识花流处。
事往白云新，人去青山故。
挂却茱萸囊，长啸倚丹树。

作者简介：袁宏道（1568—1610），字中郎，又字无学，号石公，又号六休。荆州公安（今属湖北）人。文学上反对“文必秦汉，诗必盛唐”的复古风气，提出“独抒性灵，不拘格套”的性灵说。与其兄袁宗道、弟袁中道并有才名，合称“公安三袁”。甲辰中秋后二日，即1604年8月17日，袁宏道偕雪照、寒灰、冷云等僧人和生员张明教专程来游览武陵桃源，抵达德山。他们在德山逗留了二十天，又进武陵城去龙膺的胜果园（今常德诗墙以西“九重天”一带），接着西游河洑山、绿萝山、桃花源、渔仙、穿石、水心岩等名胜。袁宏道在武陵留下了《德山麈谈》（由张明教笔录整理）、《游德山记》和十几首诗歌。袁中道《书雪照存中郎花源诗草册后》称：“（甲辰）入秋，中郎偕诸衲走德山桃源。”又称：“其游程诗记，倩冶秀媚之极，不惟读之有声，览之有色，而且嗅之有香，较前诸作，更进一格。盖花源以前诗，间伤俚质，此后神理粉泽，合并而出。文词亦然。今底稿具存，数数改易，非信笔便成者，良工苦心，未易可测。”经过德山、桃花源等武陵美景的熏陶之后，袁宏道的诗文风格为之一变，从此一代大家横空出世，“挥毫当得江山助”的道理，在袁宏道这里又一次得到印证。难怪当年唐宪宗亦感慨：“武陵桃源，足称诗人之兴咏。”

［明］杨嗣昌

平 山

信矣堪栖托，高真迹可寻。
泉仍渫山井，磬未隐空林。
鱼鸟供人足，田庐隔世深。
能来汉阴客，吾与息机心。

作者简介: 杨嗣昌(1588—1641),字文弱,晚年号苦庵。武陵(今湖南常德)人。明万历三十八年(1610)进士,诗人,官至兵部尚书。有《杨文弱集》等。

［明］岳 岱

河洑鱼梁

白石何累累，流水亦复急。
茅茨对夕晖，敝笋待鲜食。
晒翅满渔梁，鸬鹚与鸂鶒。

作者简介: 岳岱(生卒年不详),字东伯,自称秦余山人,又号漳余子。明苏州人。为嘉靖、隆庆间名士,隐居阳山。中年出游恒、岱诸岳及东南诸名山。善画能书。尝作《咏怀诗》九十六篇,为时所称。

莱 公 泉

景点简介：莱公甘泉亦名甘泉，位于常德市大龙站乡甘潼寺内。今寺废，泉井犹存。宋寇准（封莱国公）被贬道州时曾过此饮泉，并撰“平仲（寇准字）酌泉至此”数字，然后“回望北阙，暗然而去”。后南宋张栻于此特书“莱公泉”之名，令人挂匾于寺门。

［宋］崔 峄

莱 公 泉

二相南行至道初，记名留咏在精庐。
甘泉不洗天涯恨，留与行人鉴覆车。

作者简介：崔峄，生卒年不详，长安（今陕西西安）人。南宋进士，累官至河东转运使。

[明] 应履平

莱公甘泉

道旁石湫几经行，山水相看似有盟。
济渴何缘逢寇老，沃惭又复饮丁生。
人情去古殊多变，月影当空只自明。
我亦停骖呼一酌，仰天已见透心清。

朗江书院

景点简介：朗江书院，清乾隆十六年(1751)常德知府雷畅和武陵知县李标隆创建。书院延续时间长达130余年，废于清光绪年间。遗址在原府学后、今常德军分区院内。

［清］张九镒

朗江示诸生

朗州文物壮江城，况复星池正聚英。
三聘礼逾前太史，六堂规仿旧诸生。
当春展卷花粘席，向夕哦诗月照檠。
斗捷几人夸小技，能耽经术即科名。

作者简介：张九镒(生卒年不详)，字橘州，又号退谷。湖南湘潭人。乾隆四十二年(1777)左右曾任岳麓书院山长。乾隆五十二年进士。官至四川川东道。著有《退谷诗钞》二十四卷。

［清］罗　典

朗江书院西池观荷次研北翁韵

不是红香濯满池，栽培无力负皋比。
编成脱颖锥如许，并作生花笔亦宜。
谢句芙蓉君手出，毛诗菡萏我心知。
频来莫算肩舆值，月晓风清雨过时。

作者简介：罗典(1718—1808)，字徽吾，号慎斋。湖南湘潭人。清乾隆十六年(1751)进士，授编修，擢御史，官至鸿胪寺卿。晚年主讲岳麓书院、朗江书院。有《罗鸿胪集》等。

司马错古城

景点简介：司马错古城，在今湖南常德市鼎城区长茅岭乡南阳村古城山一带。公元前280年，秦昭王命司马错领兵由蜀攻楚，取沅水上游五溪一带，在此筑城，汉马援尝复修。

［唐］刘禹锡

登司马错古城

秦昭王命错征五溪蛮。城在武陵沅江南。

将军将秦师，西南奠遐服。
故垒清江上，苍烟晦乔木。
登临直萧瑟，周览壮前躅。
堑平陈叶满，墉高秋蔓绿。
废井抽寒菜，毁台生鲁谷。
耕人得古器，宿雨多遗镞。
楚塞郁重叠，蛮溪分诘曲。
留此数仞基，几人伤远目。

［宋］陶　弼

题司马错城

北设长城陷敌尘，更来劳役武陵民。
我观洞里栽桃者，便是当时筑版人。

作者简介：陶弼（1015—1078），字商翁，永州（今属湖南）人。倜傥知兵，能为诗，有“左诗书，右孙吴”之誉。庆历中杨畋讨湖南猺，授以兵，使往袭，大破之。以功得朔阳主簿，调朔阳令。两知邕州，绥辑惠养，善政甚多。进西上阁门使，留知顺州。交人袭取桄榔，弼获间谍，谕以逆顺，纵之去，终弼任不敢犯。神宗元丰元年（1078）改东上阁门使，未拜，卒。有集十八卷，今仅存《邕州小集》一卷。

常德画墙

景点简介：常德画墙，位于常德市江南城区，是以沅江南岸防洪大堤为载体建设的壁画艺术墙。画墙西起桃花源大桥，东至武陵大桥，长达3.5公里，设计壁画120多幅，截至2024年7月已上墙76幅。画墙廊道宽约4.5米、高约5.4米。宏伟壮阔的常德画墙，配合设施完善的沿江绿化休闲风光带，成为常德市民开展户外活动的最佳场所。

梁颂成

“天下常德”篆印歌

呜呼！
牂牁千里兮西南来，汇入洞庭兮奔东海。
抵枉渚兮惊回首，神诧异兮情难耐。
雄姿阔迈，巨龙舞兮；屏息静观，心不跳兮。
盘古开天地兮，暾出东方；
黄帝铸铜鼎兮，城头曙光。
善德传薪兮，道法自然；
屈子求索兮，生民企望。
阳明传道兮，道林桃冈；
春申抚国兮，渔父雄放。
落纸烟云，鼎帖书坛兮称孤；
丹青千载，髡残画苑兮名扬；
民美精华，桃源木雕兮有范；
砍樵刘海，哭倒长城兮孟姜。
宋玉悲秋，激情司马；常德会战，群英刚强。
桑梓情怀，今来古往；阳春三月，凝聚一墙。
况乃名家手笔，挥洒豪放；
精雕细镂，如飞如翔。
聚精品以蓄势，传影响兮恢张。
春晴柳影，夏涛红浪。
功夫不负兮丹青手，一匹彩锦兮落画墙。

今有东门郭子，治印立纯；
寿山苍石，温润坚韧。
天下常德，刻深势稳。治此篆印，以为见证。
见证者，赠我“桃李春风”条幅者鼎城刘先生明，
嘱我题印者桃源刘先生，
画坛新锐贺先生长安也。

作者简介：梁颂成，1954年生。湖南常德人。民进会员。湖南文理学院、湖南应用技术学院教授，从事古代文学、古籍整理、湖湘文化等教学研究工作。出版古籍整理著作《杨嗣昌集》《龙膺集》《朱景英集》《赵必振文集》《赵必振译文集》等。参与湖南省“湖湘文库”古籍整理课题，被选入古籍整理图书6种。担任常德市文化名城建设文化顾问，为本市太阳山壁画雕塑、柳叶湖“柳叶诗韵”、穿紫河桥梁壁画雕塑、常德画墙等大型文化建设项目担任文化顾问。

娄德华

咏常德画墙

沅水南滨十里墙，百桢壮锦透馨香。
排云白鹤欣鸿卷，抱日清流赏雅章。
永玉相思湘楚地，陶翁遗梦武陵乡。
诗城画国添新景，庆幸今贤有眼量。

周晓思

赞常德江南画墙

久慕江南十里墙，彩图壁画胜敦煌。
丹青曲径惊星月，翰墨霓虹醉太阳。
且许桃花成素卷，但将沅水浣新装。
穿云鸟语枝头落，独立廊前放眼量。

作者简介：周晓思，女，1972年生。湖南常德人。湖南省诗词协会会员、常德市诗词学会、鼎城区诗词学会会员，《诗城漱玉》《鼎城诗艺》微刊副主编，《常德诗词》编辑。

花岩溪

景点简介：湖南花岩溪国家森林公园，地处雪峰山余脉九龙山北麓，距常德城南50公里，鼎城、安化、桃源三县交界处，与桃花源风景区毗邻，占地面积45平方公里。

花岩溪国家森林公园以山水大观、白鹭王国、农家风情三大旅游特色，被称为“江南休闲胜地，中国白鹭之乡”“水彩画的王国”。1996年被评为省级旅游度假区，1997年被评为国家级森林公园，2000年获评省级自然保护区，2014年获批为国家AAAA级旅游景区。

周成村

【越调·武陵春】花岩溪鹭影

白衣天使落芳洲，满眼风光秀。相约年年花溪渡。伴兰舟，赏不够绿肥红瘦。金风玉露，鸿雁招手，暂别楚天秋。

作者简介：周成村，1946年生。湖南安化人。曾任长沙海关副关长，中国散曲研究会常务理事、中华诗词学会散曲工委副主任、湖南省诗词协会常务副会长、潇湘散曲社社长等职，湖南省作家协会会员。出版《散曲漫谈》《一得散曲集》等十余种。

赖汉屏

戊寅暮春重游花岩溪

湖山初识已经年，滴翠流光寤寐间。
今来重泛花溪水，子规声里雨如烟。
雨里群山笼薄雾，伊人垂帘不我顾。
时复雾散一开颜，慰我相思证夙缘。
烟云变幻不可测，远近群峦皆异色。
远山恍若衣绛纱，中间少妇披丝发。
近处诸峰呈快绿，帝子新妆下翠华。
远近三层色不同，细看何啻万千重。
始知山色空濛句，坡公妙赏得天工。

忆公当日泛西湖，佛印偕游酒一壶。
我今机舟更舒敞，华舫谈笑有鸿儒。
春雨江南新绿涨，四望微波皆漭漭。
湖畔群山半沉浮，百态千姿发奇想。
小山唯见一点绿，倩女凌波新出浴。
渔家门外小舟横，仿佛犹闻欸乃曲。
高峰水漫半山腰，曲涧回流旧板桥。
山弯水曲随意转，快艇穿行风飘萧。
况复名山毓灵秀，山幽林密众鸟度。
龙凤不与鹰鸷群，但邀白鹭屡回顾。
岁岁年年旧使君，素衣从不染缁尘。
留得人间清白在，和山和水铸诗魂。
日暮联翩绕树梢，朝来浅水看轻涛。
时复翛然接云上，引我遐思到碧霄。
频年几案困笔耕，难得身心一日轻。
今番屐杖探幽壑，水云乡里益诗情。
赏心向爱自然美，此间意趣属天成。
他时若遂徜徉梦，花溪岩畔旧经行。

作者简介：赖汉屏(1922—2006)，湖南浏阳人。常德教育学院副教授，湖南省文史研究馆馆员。曾为《唐诗鉴赏辞典》等十部大型辞书撰稿。有论诗专著《共赏集》、个人诗文集《知了斋诗文赏论辑存》存世。

邓声斌

一剪梅·游常德花岩溪龙凤湖

有幸邀朋龙凤游，涧水长流，瀑布常流。天光倒影镜中浮。山色青幽，水色清悠。　墨客骚人兴致稠。漫弄笙篌，慢引歌喉。惊飞白鹭绕兰舟，舞也难休，歌也难休。

作者简介：邓声斌，1943年生。湖南常德人。湖南师范大学中文系毕业，研究员职称。系中华诗词学会会员、原湖南省诗词协会理事、原常德市诗词学会常务理事兼《武陵诗词》编委、原常德市鼎城区诗词学会会长。先后编著出版《邓声斌诗文集》《邓声斌诗文选集》《邓声斌诗文续集》《邓声斌诗文专集》《邓声斌诗文杂记》《邓声斌诗文合集》等6部著作。近年来，积极参与阳明文化研究活动，成为《王阳明与常德》《王阳明与湖南》两书的主要作者之一。

罗立吾

花岩溪行

行车宛转复西东，远嶂氤氲淡渐浓。
飞峙一堤亲碧水，造渠数岭引苍龙。
人间仙境千峰秀，白鹭天堂五谷丰。
浣女犁波惊翠鸟，樵哥撒网变渔翁。

作者简介：罗立吾，笔名原野，网名海纳百川。1943年生，农机师。鲁迅艺术学院高级班第一级毕业，系“子曰诗社”社员。

彭淑娥

花溪美

深幽景致似蓬莱，览胜登高上玉台。
紫蕊红苞花馥郁，蓝天绿树鹭徘徊。
遮楼凤尾千株秀，映日旗帘一肆开。
碗碗擂茶清肺腑，潺潺溪水送歌来。

作者简介：彭淑娥，女，1943年生。鼎城医疗保障局退休干部，中国民主同盟盟员，中国书法美术家学会会员，湖南省老年诗词书画协会会员，常德市诗词学会会员。

莫厚成

花岩溪

山间流水石隐泉，叮咚妙曲伴炊烟。
河边佳丽观秋色，陌上孩童戏草毡。
远望青川如墨画，近瞧绿水映蓝天。
人居仙境瑶池处，悦目清心享自然。

作者简介：莫厚成，1949年生。大专学历。鼎城区退休干部，常德市诗词学会、鼎城诗词学会会员。

周熙贵

夜宿五溪人家

一路轻车一路花，五溪湖畔宿农家。
多情最是风骚客，醉罢青山醉晚霞。

作者简介:周熙贵,1955年生。湖南汉寿人。曾任汉寿县诗词学会秘书长。

文甲丰碑

景点简介：文甲丰碑，全称叫“常德文甲农民起义纪念碑”，坐落在常德市鼎城区尧天坪镇万寿山上。为纪念1927年9月10日地下党支部书记戴修文与文甲农民协会委员长徐炳初、副委员长潘仁安（后改名潘振武，为常德市的开国将军）举行文甲农民武装起义而建。

段子恒

西江月·仰文甲丰碑

老区春回大地，丰碑高耸云端。英雄烈士血流干，国富民殷再现。万里繁华盛世，一园花木啼鹃。长留仙境纪先贤，永记初心不变。

作者简介：段子恒，1942年生。农民诗人。著有《杏园诗集》。湖南省诗词协会会员、常德市诗词学会会员，创办耕读之家，由常德市诗词学会授予“农民诗人”光荣称号。

雷光银

登万寿山感赋

英雄碧血洒疆场，铁骨忠魂沃野芳。
红土尧天生五彩，龙狮歌舞誉三湘。
凭栏员木千山绿，极目田畴万顷黄。
文甲风云犹在耳，十三烈士勿相忘。

注：员木，油茶树。

作者简介：雷光银，1962年生。湖南常德人。大学文化，高级教师。中华诗词学会会员，湖南省诗词协会理事，常德市鼎城区诗词学会会长。

钱建明

临江仙·登万寿山所思

久雨初阳添秀色，寒烟翠柳微风。玉壶春水碧山中，夜阑无绪，寄意墨相融。　　先烈情怀昭后辈，英雄名字尊崇。留芳青史列书丛，旌旗漫舞，热血洒江红。

作者简介:钱建明,1958年生。湖南常德人。中华诗词学会、湖南省诗词协会、常德市诗词学会、鼎城区诗词学会会员。

港中坪村

景点简介：港中坪村位于湖南省常德市鼎城区谢家铺镇沧浪河畔，属于典型丘陵地貌，是一个总面积只有1.59平方公里，2个村民小组，204户803人的小乡村，亦是一个文化生活丰富、乡风纯朴和美、农业科技发达、田园风景如画的美丽乡村。

2024年3月19日下午，习近平总书记来到常德市鼎城区谢家铺镇港中坪村考察，了解春耕备耕、提升基层治理效能等情况，为如何强化农业科技支撑，要抓好粮食生产，端牢手中饭碗，推进乡村振兴作出了一系列重要指示，为农村农业推进现代化建设指明了方向。田成方、村如画、“和美乡村”港中坪村因习近平总书记的实地考察调研更添人气和魅力，现在成了全国各地学习参观的热门打卡地。

我在
港中圩等你

刘经平

临江仙·魅力港中坪

跟随足迹田间走，欣然满眼堪惊。嘉禾万顷映山青。惠风携暖意，景色蔚云蒸。　　过去躬身之活计，而今神变机耕。乡风治理总关情。千千来访者，盛赞港中坪。

皮国繁

习近平总书记莅临港中坪村考察听取村支书汇报

骀荡春风促振兴，顶层着意访基层。
村支书见总书记，美丽家乡再赋能。

作者简介：皮国繁，1956年生。湖南常德人。中学教师，副高职称。中华诗词学会、湖南省诗词协会会员，湖南省潇湘散曲社副社长。常德市诗词学会副会长，《常德诗词》主编。

康存波

习近平总书记视察港中坪村有吟

惊天动地不寻常，平步青云沐艳阳。
稼穑氤氲千亩绿，芝兰点染一园香。
雁知日暖关山远，鹤立春深道路长。
万众赋能新质力，端牢饭碗写华章。

唐云英

访港中坪村感怀

碧波万顷接天流，入望千门紫气稠。
舵手田间相寄语，端牢饭碗利千秋。

作者简介：唐云英，女，1955年生。湖南常德人。退休教师。中华诗词学会会员，湖南省诗词协会会员，常德市诗词学会编委，常德市帼国诗社社长，常德市诗词学会副秘书长。《诗城漱玉》主编。

邹宜霖

咏美丽乡村港中坪

禾苗菁翠满阡陌，绿浪连云入画屏。
今有春风添盛景，稻香拂面庆丰盈。

作者简介：邹宜霖，女，1965年生。湖南省诗词协会、常德市诗词学会会员。《常德诗词》编委。

雷　波

参观港中坪有吟

轻车直向港中坪，沿路青山紫气生。
主席田塍留足迹，殷殷心寄爱民情。

作者简介：雷波，1962年生。湖南安乡人。湖南安乡县发展改革局退休干部。常德市诗词学会、湖南省诗词协会和中华诗词学会会员。现任安乡县诗词学会会长。

聂 俊

港中坪村幸福屋

天伦雅趣享逍遥。莺语声声紫气飘。
何故众人皆喜庆，莫非王母宴蟠桃。

作者简介：聂俊，1965年生。湖南常德人。中华诗词学会会员，湖南省诗词协会会员，《常德诗词》编辑，《兰芷清吟》微刊主编。

德 山

景点简介：德山，原名枉人山。隋朝刺史樊子盖，因上古高士善卷曾隐居于此，躬耕垄亩，传善播德，教化民众，于是改枉人山为善德山，简称德山。唐代以后，成为闻名遐迩的“三十六洞天七十二福地”之一。

传说四千二百年前，有位善卷先生，他以德施教，开启民智，造就一方净土，当时的尧、舜、禹三代领袖都来向他求教，与他商讨以德治国的方略，尧与禹均拜先生为师，舜欲将天下禅让给他，他不受而隐。“常德德山山有德”的民谣，便由此而来。

德山，是屈原“朝发枉渚”之地，并在此酝酿创作了《九歌》；朗州司马刘禹锡在孤峰吟诗。清代的德山书院，曾是海内知名的教育基地。

文峰塔，因坐落在德山孤峰岭，故又称孤峰塔。原始建于明万历三十五年（1607），初名“文峰塔”，与北岸笔架城遥相映衬，象征常德人杰地灵，文运昌盛，后毁于战火。现有的孤峰塔，是在原塔基上重建的。塔高59米，七级八面，四周八角檐上装有铜铃；塔内有旋梯直到塔顶，游人登塔极目四望，周围沅江及城市风光尽收眼底。

［唐］刘禹锡

善卷坛下作

先生见尧心，相与去九有。
斯民既已治，我得安林薮。
道为自然贵，名是无穷寿。
瑶坛在此山，识者常回首。

景点简介：善卷古坛，在常德德山孤峰岭上，传说为古代善卷游憩之所。

［唐］蔡　昆

善卷先生坛

几到坛边登阁望，因思遗迹咏今朝。
当时为有重华出，不是先生傲帝尧。

作者简介：蔡昆（生卒年不详），五代诗人。以文藻知名。曾入楚马殷幕下，与廖匡图、李宏皋、徐仲雅、韦鼎、齐己、虚中等唱和。事迹见《诗话总龟》前集卷四引《雅言杂录》。

[宋] 唐 绩

登孤峰

昨浮枉渚水，今上枉人山。
想象云深处，先生独往还。

作者简介：唐绩，字公懋，零陵（今属湖南永州）人。哲宗元符三年（1100）进士。历官衡山令，通判鼎州，移判登州。未行，擢福建路转运判官。徽宗宣和七年（1125），再任福建路转运判官。此诗旧志误作洛浦禅师，详见杨嗣昌（文弱）《灵岩洞记》。

[宋] 周必大

善德山

闲来楚望看江山，水阔分流又一湾。
古刹经行修径里，孤峰环绕翠筠间。
昔人旧塔今虽在，道价高风不可攀。
因念丛林宛如旧，当年有愿几时还。
四望村深面面山，临流田舍满江湾。
僧居楼阁翠微外，人在烟波欸乃间。
露重天寒何太早，橙黄橘绿已堪攀。
风光无限吟难尽，他日重来且暂还。

[元] 丁鹤年

楚望亭

天垂六幕水浮空，霁月光风上下同。
我向山头一舒笑，楚人还望白云中。

注：历史上，德山有“一坛三亭”。一坛即善卷坛；三亭是指楚望亭、 临睨亭、 仰止亭。

作者简介：丁鹤年(1335—1424)，字鹤年，又字永庚，号友鹤山人。西域色目人。曾祖阿老瓦丁，曾叔祖乌马儿，其父职马禄丁，中国元代诗人，文学评论家、养生家。有《丁鹤年集》传世。

景点简介：楚望亭在常德德山，建于何时不可考。

[明] 应履平

善卷古坛

高蹈先生乐遁栖，荒台空倚武陵溪。
孤峰几见留残照，断石还能觅旧题。
千载清风江浩渺，一川明月草萋迷。
于今复见雍熙治，漫许相从策杖藜。

［明］杨 褫

德山次韵

家近沧江复面山，青螺斜枕绿杨湾。
断崖瀑挂虹千尺，绝顶僧分云半间。
鸟逐风斜迂阁度，猿窥果熟抱儿攀。
梵钟纵报诸天暝，渔笛徐吹钓月还。

德山寺次韵

老脚名山不记名，招寻聊此狎春晴。
潭空塔影侵松影，风细歌声乱鸟声。
旋截瘦藤便助健，遍题新竹恐挠青。
拟拼信宿游方外，苦被荒鸡促晓行。

作者简介：杨褫（生卒年不详），字介福。武陵（今湖南常德）人。明弘治九年（1496）进士，历任礼、兵、刑、吏四科给事中等职，后以忤宦官刘瑾辞官归家，筑“闻山精舍”讲学。瑾败，重新起用为吏科给谏，官至太仆寺卿。

[明] 袁宏道

秋夜宿德山玩月

前此看月江上，顶有善卷台。

江上峰头月，清光孰最多？
稍能增潋滟，终是让嵯峨。
深谷高岩在，苍颜白发何。
古来师善卷，未必解尘萝。

[明] 杨　鸿

登孤峰绝顶

记得峨眉顶上游，放怀高并枉山头。
行云莫遣寻踪迹，水月为家妙泛浮。

作者简介：杨鸿(1587—1651)，字可玉。武陵(今湖南常德)人。兵部尚书。幼颖慧，有神童之誉，万历壬子(1612)举于乡，天启壬戌(1622)成进士。曾典崇祯三年庚午(1630)四川乡试，监临崇祯四年辛未武会试。桂王时起岭西兵备道，擢大理寺少卿，历礼部尚书，加太子太保、东阁大学士。明末战乱中，杨鸿与弟杨鹗会兵于麻阳，为土司所执，二人靖节不屈死，皆以忠义祀乡贤。

[明] 冀元亨

善卷钓台

先生此避地，巢许应同时。
朗水逾清颍，孤峰胜九嶷。
岸花迷系艇，江月静垂丝。
乐志遗风在，悠悠百代师。

作者简介：冀元亨(1482—1521)，字惟乾，号暗斋。武陵(今湖南常德)人。明正德十一年(1516)举人。与好友蒋信同师王守仁，后主讲濂溪书院，曾为王守仁之养子的家庭教师。在朱宸濠谋反案中被诬下狱，出狱数日后卒。

景点简介：善卷钓台，位于常德德山孤峰岭下，濒临沅水，相传尧舜时隐士善卷曾垂钓于此。

[明] 杨嗣昌

枉人山

溪山良自昔，复此足幽篁。
网户留迁客，僧寮割让王。
掠沙晴雪过，触石古云香。
愿结清娱地，生生堕勿忘。

[明] 吴 珍

过德山寺

一径入丛林，天风散梵音。
路晴泥尚滑，墙败竹斜侵。
布谷春方及，催耕日未沉。
偶来成暂憩，因悟老禅心。

作者简介：吴珍，字德贵，长兴人。成化十一年(1475)乙未进士，先任工部郎中，谪通判，历常德府同知，弘治十七年(1504)升任常德知府。

景点简介：德山寺，即德山乾明寺。我国著名古刹，始建于唐咸通元年(860)。唐代即为道家第五十三福地；又是佛教名刹，有"德山棒""当头一喝"的传说。清康熙间毁于火，重修。抗日战争中被日寇炸毁，幸存铸建于宋代的铁经幢。改革开放之后，重建于德山原址。

［明］龙德孚

乾明寺（二首）

崇构乾明旧法堂，皈依初地此津梁。
好从水月通禅观，重作人天选佛场。
影浴池莲空是色，风含檐蔔净生香。
时来梵呗惊龙卧，云磬霜钟满上方。

精庐新结倚长松，云磴晴岚翠自重。
不二门中摩诘室，毗卢海上妙高峰。
梵音夜寂闻天籁，禅诵风清度晓钟。
谁具德山真法眼，还从喝棒证机锋。

作者简介：龙德孚(1531—1602)，字伯贞。武陵(今常德)人。龙膺父。受学于蒋信，为桃冈入室高弟。中嘉靖戊午(1558)举人，官至南京户部员外郎。著有《对湘楼集》。德孚事佛甚笃，晚结精舍于德山，亦常往来于乾明寺。

［清］查慎行

再游德山，为雨雪所阻，留宿乾明方丈，次石间周益公石刻旧韵（二首）

但令兴到便登山，路转皃鹥第几湾。
福地自留苍翠外，闲身偏在乱离间。
残碑日月看仍在，前辈风流许再攀。
五百年来如转盼，知从何处证无还。

城外清江江上山，依然白浪转苍湾。
雪飘灯事阑珊后，春到梅花浅淡间。
竹树一丘迷出入，楼台几处记跻攀。
茶烟芋火前因在，信宿留人未遣还。

作者简介：查慎行(1650—1727)，初名嗣琏，字夏重，号查田；后改名慎行，字悔余，号他山，赐号烟波钓徒，晚年居于初白奄，所以又称查初白。当代著名作家金庸先祖。海宁袁花(今属浙江)人。康熙四十二年(1703)进士；特授翰林院编修，入值内廷。五十二年，乞休归里，家居十余年。雍正四年(1726)，因弟查嗣庭讪谤案，以家长失教获罪，被逮入京，次年放归，不久去世。著有《他山诗钞》《敬业堂诗集》。

［清］朱彭寿

德山即景

仙源何必问渔翁，到此风光便不同。
江柳色经新雨绿，山桃花似晚霞红。
云封古寺门深掩，水绕春畦路暗通。
最爱芳亭临眺处，乱帆如叶渡长空。

作者简介：朱彭寿(1869—1950)，别名小汀，又作筱汀，号述庵，又号述叟、寿鑫斋主人。海盐人。金慧珠夫。光绪戊子(1888)举人。授内阁中书。光绪甲午，蒙恩以侍读遇缺即补。光绪戊戌进士。曾任职典礼院直学士、练兵处文案委员。官至陆军部右丞、宣统元年(1909)陆军部左丞。北洋政府湖南长沙关监督、湖北宜昌关监督等。

［清］曾传构

晓过德山

屋烟村树晓迷离，春涨新痕落浅陂。
清磬一声山雨霁，东风有信绿江蓠。

作者简介：曾传构(1825—1900)，字菁青，号潜叟。湖南新化人。光绪间以明经长慈利榷关二十余年。有《潜园诗录》。

辛树帜

游德山

妖冶春三月，荡舟始莅止。
黉宫兀峥嵘，德山巍然峙。
山花随地发，竹林长芳芷。
龙潭泻寒泉，幽鸟惊人起。
纡徐陟孤峰，江山列眼底。
六合暗风烟，强邻逼边鄙。
国仇深九州，未雪男儿耻。
感此一长叹，归来忽又始。

作者简介：辛树帜(1894—1977)，湖南临澧人。著名生物学家、农学家。曾留学英国牛津大学、德国柏林大学。1929年回国，任中山大学教授兼生物系主任，1946年任兰州大学校长，1950年任西北农学院校长。

刘 明

德 山

巍巍德山，常德名山。雪峰之尾，沅水南巅。
山之名震，源于善卷。尧禹揖师，善德启源。
舜欲禅让，避而隐远。南禅祖庭，辉耀圣坛。
宣鉴棒喝，诫杀森严。经幢铁铸，佛音延远。
楚辞涉江，九歌音绵。孤峰诗吟，司马立巅。
“觉梦”“悟道”，福地洞天。书院润心，祥瑞广涵。
文峰触云，七级八面。檐响铜铃，状元钦点。
寺曰乾明，刹龄千年。梵音袅袅，天神佑凡。
墓葬荣定，史迹久远。民谣叙事，领袖赏鉴。
沅水悠悠，汛泛波澜。洞庭纳涛，无忧无患。

廖爱民

大有·德山美

枉水清流，德山峰顶，宝塔铃、还有云寺。下山来、乌篷善卷舟舣。明居湿地茅湾浦，环境美、鹤栖鸥止。史记舜帝交禅，先生德高推委。　蓬茅屋，环辟芷。修德化丰民，礼贤纳士。仁境幽幽，把钓碧潭鱼起。列岸馥芬兰芷，深枝茂、争回增媚。现今往、故里民居，人才令美。

作者简介：廖爱民，1951年生。湖南常德人。株洲市中车长江分公司株洲车辆厂经济师，常德市诗词学会会员。

梁颂成

德山文峰塔新生歌三十韵

德山福地孤峰岭，巍峨宝塔耸入云。
寒来暑往四百载，瞰江逼崖绝凡尘。
前继樊子扬善德，上续楚望亭表征。
探源斯塔之所立，实敞襟怀显文运。
明代万历乙巳岁，学使董公校吾郡。
众官导引登孤峰，纵目创意配胜境。
于兹立塔畅文脉，巽木万汇利长生。
荣王嘉勉邑人乐，龙膺撰疏激越文。

妖言沮阻未落实，二年之后杨公成。
时芳首捐为号召，文峰宝塔巍然兴。
配以八角读书楼，接续顾象绝编生。
木奴诗社对景唱，青莲庵里放声吟。
闻鸡起舞读诗书，鼓暮钟晨提精神。
百代文气一塔聚，千载善德一脉承。
迭经百年历沧桑，乾隆光绪两整装。
延及“文革”古塔毁，德山失色神惆怅。
大河上下失地标，游子无处存念想。
所幸改革开放好，孤峰一塔重开光。
公办民筹举市助，戊辰竣工增堂皇。
斗转星移近卅载，山林郁茂塔掩藏。
因时制宜变旧貌，庚子之后再闪亮。
登斯塔兮极目望，廊环周兮气更爽。
东接洞庭湖水渺，西连武陵山脉长。
北望城头怀远古，南眺桃花源景象。
万里河山似彩锦，千里沅水浩汤汤。
放眼德山绿翠染，建区卅年大变样。
境内高楼如林立，沿江无限有风光。
市井商贸多繁荣，百亿园区业辉煌。
登塔一望收眼底，笑逐颜开百姓爽。
壬寅春日记落成，投笔举杯心酣畅。

唐云英

【越调·天净沙】吟孤峰塔

千寻古塔凌空，四时沅水听风，惯看星垂月涌，烟霞浮动，经年灵韵无穷。

麦云嫣

桂枝香·枉渚怀古

凭栏极目。对枉渚荡空，澄练端肃。潭下潜龙老矣，逝波犹簇。茅檐瓦舍皆消去，渐欣欣、叠甍云矗。水星楼外，排云阁里，喟然躇足。　　十六夜，刀枪竞逐。念身后生前，枕籍来续。涂巷边街，喋血百年荣辱。只今顾眺追惟处，柳堤前、春眼新绿。遣怀湘女，曾经翻作，虎贲雄曲。

注：潜龙，指老龙潭。湘女，指作者，曾创作歌曲《虎贲战魂》纪念常德保卫战。

作者简介：麦云嫣，笔名百科娘，别号枉渚女君。1994年生。湖南常德人。中华诗词学会、湖南省诗词协会会员，常德市诗词学会经开区分会会长。

景点简介：枉、沅二水交汇处，江面开阔，水势平缓，当地人谓之“老龙潭”。观景以登顶孤峰塔远眺为最佳。

彭 山

景点简介：彭山，位于湖南省常德市澧县澧南镇境内，为武陵山余脉，九澧近邻，是国家AAAA级旅游景区、国家科普教育基地，国家森林康养试点基地、湖南省级研学旅游基地，湖南省党史教育基地。景区自然风光秀美，自古以“彭峰迭翠”为古澧州外八景之首，明清以来吸引无数文人墨客，留下“兰汀遥舣”等古彭山十二景之珍，穿珠成链，给人无限遐想。景区人文历史深厚。唐高祖李渊第十二子李元则封为彭王，任澧州刺史期间曾在此居住，后人为纪念他修建彭山思王庙。景区红色遗迹尚存。这里有红军渡，有贺龙召开军事会议遗址，是澧州红色文化的发源地。山脚下的红色历史陈列馆，记录了贺龙在澧州的足迹，展陈了红军在澧州的革命史。这里开辟为湖南省和常德市党史教育基地，现景区健全了红色文化体验区、原乡梦体验区、游乐体验区、亲水体验区、民俗文化体验区和禅修文化体验区，以及黄精科普体验区等几大功能区，享有“生态胜景，大爱彭山”的美誉。

周运来

彭山怀古

澧南津岸具高名，秀丽彭山举世倾。
元则林中原社稷，贺龙岭上老军营。
云施雨露时花美，景诱乡贤旅帜明。
曲道华庭头攒动，风光妙处好班荆。

施明华

游彭山思王祠

祠前俯瞰一江横，宝殿凌空风自生。
昔作骄奢豫州史，今传德业澧阳城。
居身何止多冠盖，折节犹应记姓名。
千载匆匆吾亦客，只随晖日弄春晴。

作者简介：施明华，1969年生。湖南津市人。现任津市市兰津诗社社长。

蜚 云 塔

景点简介:蜚云塔,位于澧县二圣滩北岸。此塔明代即开始修建,建造三层后,因兵乱未得竣工。清嘉庆十六年(1811)用石料重建,刚刚修建两层,又因故停工。嘉庆二十四年(1819),安佩莲任澧州知府时,方得竣工。

［清］安佩莲

嘉庆戊寅蜚云塔落成志喜

叠石凌霄汉，凭高接斗枢。
文澜回九澧，砥柱屹双湖。
自昔留遗址，于今起壮图。
万年培士气，联步入云衢。

作者简介：安佩莲（生卒年不详），名玉青，以字行，贵州贵定人。清嘉庆六年（1801）进士，嘉庆十七年以翰林院庶士任长沙知府，官至湖南澧州知州。

莫道宏

蜚云塔

应澧浦诗社社长彭敏达同志之约，借澧州名胜之风格，为离休、退休老同志而歌。

柱天地兮蜚云，昭芳心兮今昔。
收春秋兮代谢，承斯民兮期冀。
明天启兮初年，聚州人兮奠基。
清嘉庆兮十六，巧砖石兮成礼。
气盛盛兮会鼓，传澧兰兮代舞。
立拱拱兮来朝，庄端端兮不语。

惟思忖兮众托，敢惩恶兮所妒。
济世人兮冷暖，辨沧瀛兮直曲。
镇河患兮澧水，令狂澜兮安流。
伴秋风兮萧瑟，喜雪雨兮璀秀。
何一心兮平平，盖荣辱兮无求。
急匆匆兮老矣，身斑斑兮陈迹。
何之言兮枯朽，逢盛世兮奕奕。
鉴日月兮梳妆，顾上下兮彩衣。
揽玉树兮为冠，扈芳芷兮江离。
扬澧州兮浩气，止余忌兮太息。
拓中国兮精美，观吾之兮余力。

作者简介：莫道宏，1948年生。湖南常德人。中国美术家协会会员，中国壁画学会理事，湖南省美术家协会理事，湖南省书画研究院特聘画家，常德市美术家协会名誉主席，常德书画院名誉院长。曾任澧县县委书记，常德市人大常委会主任。

曾庆忠

卜算子·蜚云塔

浑吞澧水河，高耸双湖野。一塔凌霄兴废过，览尽江山画。　　紫气自东来，红日依西下。雄峙黄沙两百年，雁去云高挂。

作者简介：曾庆忠，1963年生。湖南澧县人。教师，中国诗歌学会会员。主张真情抒写性灵。

城头山遗址

景点简介：城头山遗址，位于湖南省澧县车溪乡城头山村，是中国迄今所发现的年代最早、保存最完整、内涵极丰富的古城址。遗址中发现有城垣、城门设施、环城壕、护城河外，还有大片台基式的房屋建筑基础、设施齐全的制陶作坊、宽阔的城中大道、密集而重叠的氏族墓葬、保存完好的大型祭坛，以及目前世界发现的最早的水稻田。

韩永文

城 头 山

城濠故垒日西斜，紫堇荻芦近晚霞。
艉浆应曾涉澧水，石玦确否易天涯？
温锅陶瓮遗街肆，稻作田丘古人家。
扫过秋风纤云舞，馨摇漫野古菊花。

作者简介：韩永文，1955年生。辽宁大连人。在职研究生，农学博士。历任国家发展和改革委员会秘书长，湖南省副省长，湖南省委常委、省委秘书长，湖南省人大常委会副主任等。现任中国国际经济交流中心副理事长、国务院参事室特约研究员。著有《农业经济比较效益转换论》《潇湘诗词稿》等。

李泽树

城 头 山

涵今纳古景观园，袅袅烟霞入眼帘。
新绿平铺云去后，碎红杂点雪来前。
群居分住先人迹，几粒遗存析稻源。
绍衍精神须注目，无边风物在畲田。

作者简介：李泽树，1948年生。原澧县建设局退休人员。中华诗词学会、湖南省诗词协会、常德市诗词学会会员。

杜修岳

【中吕·粉蝶儿】古城曲

这远古的城头山，横空出世五洲震撼，振聋发聩四海谈玄：城之祖，稻之源。子民常拥裔饭，常保平安，等闲间文明的曙光缕缕儿露显。

【醉春风】城东发掘一片泥坝，其间土壤好生松软，小渠里活水自流灌溉，端的一坵远古稻畹，畹！根须儿活现，籽粒儿篇圆，还有田螺儿倒悬，翘着屁股竖在沟畔。

【迎仙客】朝日刚呈笑脸，月儿才隐林间，先民们劳作方酣。赢得了富有，真个是廪盈囤满，一囷囷稻菽垒场边，一堆堆果脩藏庭院。

【朱履曲】因活命食贫部落屡屡来犯，倒也是饿馋焉不对饱足直淌清涎？富有者自当筑城固地盘，齐心协力且刻不容缓！

【十二月】首酋他器宇昂轩，五十天命七尺奇贤。持权杖而束高冠，一声呼唤动地惊天：于是乎城踞坪岗，壕通澬沔，人丁兴旺执锐披坚。

【十二月】谷神他睿智诚虔，知节守令唤雨呼暄。睁慧眼而识良籼，自流黑汗众得香饘。于是乎饮血茹毛渐次改变，稻粱丰稔遐迩相传。

【尧民歌】一座城雄踞如磐，一圈壕深阔如渊。条条街市肆俨然，座座窑烧煅百类千般。更有巫师仙骨翩翩绣口叨念，率众长跪祭坛祭神祭祖，祈福还愿。

【耍孩儿】可想见燥干兽皮绩织麻片衣冷暖，瓮熬粥飯火燎鱼肉香满园。大房议事小屋相偕也方便，车装舟载内外交易有市廛。晴澜惬意鲜花爽眼，歌声嘹亮舞蹈翩跹。真个是渐辞蛮野渐跨文明之槛，古国发展步履弥先。

【尾声】太阳圆兮太阴也圆，城池圆兮祭坛亦然。丰歉盈亏贫富尊卑不仅是物竞天演，制天而用惟求梦与现实皆圆满。

仙 眠 洲

景点简介:仙眠洲,即仙明洲。相传吕洞宾曾游卧此洲,故名。洲在澧县城南门外,李群玉故居即在此地。

[唐] 李群玉

仙明洲口号

长爱沙洲水竹居，暮江春树绿阴初。
浪翻新月金波浅，风卷轻云玉叶疏。
半浦夜歌闻荡桨，一星幽火照叉鱼。
二年此处寻佳句，景物常输楚客书。

作者简介:李群玉(808—862),字文山。唐代澧州(今常德澧县)人。县城仙眠洲有古迹“水竹居”,旧志记为李群玉读书处。他“居住沅湘,崇师屈宋”,诗写得十分好。《湖南通志·李群玉传》称其诗“诗笔妍丽,才力遒健”。杜牧早年游澧时,劝他参加科举考试,并作诗《送李群玉赴举》,但他“一上而止”。后来宰相裴休视察湖南,邀他再作诗词。他“徒步负琴,远至辇下”,进京向皇帝奉献诗三百篇。唐宣宗“遍览”其诗,称赞“所进诗歌,异常高雅”,并赐以锦彩器物,授弘文馆校书郎。三年后辞官归里,死后追赐进士及第。

[明] 胡 澥

仙眠洲

兰浦幽香畹，仙人也卧游。
醒从丹灶转，梦与白云浮。
神满非成寐，鼎温不用裯。
到今洲渚上，云水尚悠悠。

作者简介：胡澥(1579—1655)，名叔会，字练海。澧州安福(今湖南临澧)人。明天启二年(1622)进士，授行人司奉使，崇祯七年(1634)升副都御史，督学中州。被劾罢归，里居20余年而卒。著有《宦游诸集》《飞湫房文集》等。

马援石室

景点简介：马援，字文渊，东汉开国功臣之一，官至伏波将军，因功封新息侯，被人尊称为“马伏波”。相传武陵蛮寇临沅，马援进军壶头，贼乘高守险，会暑盛，援亦中病，乃穿石为室以避炎气。据光绪《桃源县志》卷二载，“伏波石室，在县南六十里伏波洞，即马援凿以避暑处”。

[明] 周伯孔

马文渊避暑石室

凿石依山扫阵云，五溪犹说旧将军。
隔江便是桃花洞，金鼓秦人似不闻。

作者简介：周伯孔，生卒年不详，名圣楷。湖南湘潭人。曾以诗就教于龙膺，受到好评。与明末竟陵派钟惺等人有较密切的文字交往。所著《楚宝》，为楚地历史文化杂记。

[清] 向光谦

穿石室

日月双丸出，风雷九地穿。
江山留汉室，表里见青天。
涨作神龙窟，中通太乙船。
谁怜拳石腹，曾饱五溪烟。

作者简介：向光谦，字尔牧，一字子识，号梅修。清代桃源人。道光己酉科拔贡。初授醴陵教谕，未就；由保举以知县分发湖北，同治庚午署宣恩篆。因平定匪患功晋秩五品衔，以直隶州升用。未几丁外艰归，遂不复出，以书画自给。卒年五十九岁。著有《蟪蛄春秋》六卷、《秦人宅藏稿》诗集八卷。人称其诗"至者悲壮苍凉，沉郁顿挫，人以为逼近杜陵云"。

贾傲松

马援石室

滟潋沅江水，涯岩峭壁危。
伏波征战地，洞室制军规。
剿匪民安静，立勋病染悲。
裹尸回故里，宰相撰功碑。

作者简介：贾傲松，1988年生。中共党员。湖南科技大学本科毕业。湖南省诗词协会、常德市诗词学会、桃源县诗词学会会员。

张 弩

蓦山溪·马石悬棺

危崖绝壁，一片江边立，千载缀蜂房，又何曾知他来历。凝眸但见，雪浪扫江浔，东逝急，无人敌，岂止光阴逼。　　人生百岁，梦想谋。世幻仙乡，一棺悬，方欣安问君知否，江水日生涛，惊胸臆，无朝夕，宁管幽人泣！

作者简介：张弩(1923—2016)，桃源县诗词学会、桃花源诗社创始人之一。曾任《桃源诗词》主编、《武陵诗词》副主编。著有《中国桃花源景点新诗联集萃》。

景点简介：马石悬棺，位于七星洞附近。沅江北岸绝壁上，凿有许多方形石洞，保存较好的有8窟。传说悬棺所葬为马援征蛮得瘟病而死的将士。

夷望溪

景点简介：夷望峡，位于湖南省常德市桃源县夷望溪镇夷望溪村。景色秀美、山水宜人，被称为常德的“小桂林”。

夷望山，一名水心岩，俗称水心寨，位于桃源县夷望溪与沅水的交汇处。今景点名“水心砥柱”，高约150米。明袁宏道称此处“环石皆水，环水皆山，周遭映代，以相逼而奇”。

［明］杨嗣昌

夷望山

每爱昌黎语，青罗绾碧簪。
所矜吾土美，遥获古人心。
四壁信孤影，五溪怀众音。
冬春两携策，稍不昧高深。

[明] 阙 闻

水心岩（二首）

砥柱飞流数禹功，天南俯瞰大江东。
嶙峋不逐狂澜倒，雄镇何甘拜岱嵩。

不立山间立水间，冯夷击鼓何时还。
闲来只可横长笛，吹落白云秋水湾。

刘经平

水心寨感吟

水心岩上水心寨，孤竦江中一祭台。
不见前朝钟鼓响，嗟乎逝水向今来。

邹宜霖

游夷望溪

两岸修篁移丽影，青山凝黛水粼粼。
玉屏画里怡神处，更比桂林多几分。

杨汉鼎

晨登水心寨

崚嶒砥柱鬼神工，日出江花映寨红。
开启山门迎远客，登高极目浩苍穹。

注：此诗嵌入水心寨诗碑。

作者简介：杨汉鼎，1944年生。湖南桃源人。湘潭大学毕业。中华诗词学会会员，中国楹联学会会员，湖南省作协会员。湖南省戏剧学会会员。湖南省诗词协会理事，常德市诗词学会理事。桃源县诗词楹联学会主席，桃源县文联(退休)原主席。

贾经伟

游夷望水心寨

水寨葱茏历万年，巍峨两柱耸云天。
涯前瀑布腾空落，庙里钟声伴耳旋。
遥看岩狮雄石壁，近观艳蕊馥心田。
碧波树翠宸中景，恍入蟾宫已变仙。

作者简介：贾经伟，1956年生。湖南教育学院中文系毕业，学校高级教师退休。中华诗词学会会员、中国楹联学会会员。湖南省诗词协会会员、湖南省楹联协会会员。常德市诗词学会理事、常德市楹联协会理事和副秘书长。桃源县诗词楹联学会副会长兼秘书长。

张曦微

桃源夷望溪泛舟

俗务缠身久，清游一散怀。
时疑明镜合，忽见翠屏开。
越相舟行远，蓬莱岛绝埃。
烟波渔棹晚，梦里几番回。

王明华

夷望溪千年古樟

雷霆风雨伴芳华，屹立悬崖望百家。
号子纤绳云水怒，乌篷渔火月光斜。
古今上下千年事，荣辱沉浮一盏茶。
伟岸身姿终不老，从容淡看浪头花。

作者简介：王明华，笔名天涯觅梦。1972年生。祖籍湖南桃源。湖南省诗词协会会员。

渌 萝 山

景点简介：渌萝山，位于沅水南岸，与桃源县城隔江相望。山下有岩，高踞沅水赵家洲头。雨时常有晴色，名渌萝岩，传为道家第四十六福地。“渌萝晴画”为桃源八景之一。

［晋］无名氏

渌萝山歌

黄闵《武陵记》曰：渌萝山侧嵒垂水，悬萝百里许，得明月池，碧潭镜彻，流风叩阿，有丝桐之韵。土人歌云：

仰兹山兮迢迢，层石构兮嵯峨。
朝日丽兮阳岩，落景梁兮阴阿。
障壑兮生音，吟籁兮相和。
敷芳兮绿林，恬澹兮润波。
乐兹潭兮安流，缓尔棹兮咏歌。

注：吕光锡《桃花源诗话》称“桃花源之名，昉于晋陶渊明之《桃花源记》。凡籍隶桃源县者，皆自称桃花源人，外人亦以此拟之。而桃花源，遂成桃源县之泛称矣。据黄闵《武陵记》，邑人之有诗，始于晋无名氏之《绿萝山歌》”。

［明］杨嗣昌

渌萝山

一生看不足，疑此弱烟凝。
静觉蛾轻敛，虚惟影自凭。
飞涛沾雁字，寒叶点鱼罾。
坐拨孤琴冷，清音写未能。

［清］涂自明

渌萝山（并引）

山在县南十里。《水经注》载：悬萝钓渚，渔咏幽绝者也，为邑外八景之一。

秀削芙蓉障，悬空翠碧横。
云烟凭点缀，天地自生成。
画意涵江濑，晴光动县城。
无徒夸福地，终古此峥嵘。

作者简介：涂自明(生卒年不详),号辛陔。湖南桃源人。贫有志操,制艺取法大家,不落恒径。年十六,补郡博士弟子员。同治庚午,向梅修光谦权鄂宣恩篆,聘为子弟师。乃学为近体及古乐府歌行,谣曲律诗,能以情性规抚唐调,不徒袭其似也。著有《紫石山房诗文集》。

目 平 湖

景点简介：目平湖，位于湖南省汉寿县境内东部的西洞庭湖湿地，总面积3.568万公顷。1998年，经湖南省人民政府批准，建立了省级自然保护区；2002年，西洞庭湖湿地被列入国际重要湿地名录；2005年，被国家建设部命名为“西洞庭湖国家城市湿地公园”。目平湖生态环境优美，生物丰富多样，四季景色各异，彰显着独特的湿地风光。

商中贤

游目平湖

举头远望水迢迢，迎面凉风薄雾飘。
右岸钓翁长线动，左湾游客小舟摇。
幽幽湿地多鸥鹭，渺渺平湖少浪潮。
如画公园观赏后，举觞拈韵把诗聊。

张良政

目平湖泛舟

湿地烟波云梦天，青纱帐里浪推船。
曲堤翠柳摇风缓，芳渚黄犊沐日闲。
玩水只缘情似水，游山未必意如山。
歌吟声断沙鸥续，弃棹逐流频扣舷。

作者简介：张良政，1956年生。湖南汉寿人。中华诗词学会会员，湖南省诗词协会理事，常德市诗词学会理事，汉寿县诗词学会会长。

鄢 洁

【中吕宫·山坡羊】过目平湖遣怀

湖宽鱼戏，天蓝芦翠，黄莺白鹭群群憩。好相依，似忘机，范公摇橹西施醉。若是云来风又起，沉，都是水。浮，都是水。

作者简介：鄢洁，网名竹林书童。1960年生。湖南汉寿人。中华诗词学会会员，湖南省诗词协会会员，湖南潇湘散曲社会员，常德市诗词学会会员，汉寿县诗词学会秘书长，兼《汉寿诗词》纸刊及《沧浪啸歌》微刊主编。

金 牛 山

景点简介：金牛山，在汉寿县南60里，海拔344.5米，为县内最高山，也是资水、沅水的分水岭。相传古有道人骑金牛到此，在石上留有斗大足迹，因此得名。山上有金牛遗迹、白龟仙洞、村晓堆岚、杏桂交灵、风雨王洞、七石横溪、千丘水衲、双泉漾碧，被称为“金牛山八景”。“金牛夕照”为汉寿县八景之一。

[明] 喻 政

金牛山（二首）

金牛最高处，去天拟尺五。
烟霞尽日闲，乾坤此今古。

红叶起高林，黄花迷路去。
云生不见人，人在云深处。

作者简介：喻政(1558—1654)，字漳澜。明万历进士。曾任龙阳(今湖南汉寿)知县，南京工部都水司主事，兵部职方司郎中，福州知府。

[明] 李 清

登金牛山

金牛绵亘俯人寰，峭壁重岩岂易攀。
铁笛半横霄汉外，烟蓑遥度水云间。
洞门隐隐藤萝古，木叶萧萧霜露斑。
欲向此中旧兰若，清秋溪静弄潺湲。

作者简介：李清，生卒年不详。湖南汉寿人，明朝嘉靖年间进士，曾任南京吏部郎中，赣州知府。

易君左

登金牛山

十年未了金牛愿，今日登山兴倍豪。
古索如龛谁点主，全湘似屋此藏娇。
四山白雾笼轻幔，夹路苍松响怒涛。
我正徘徊风雨洞，桂花闻讯暗香飘。

注：索，汉寿的古称。

作者简介：易君左(1898—1972)，字家钺。湖南汉寿人。北京大学文学士、日本早稻田大学硕士。20世纪30年代便以散文集《闲话扬州》闻名于世。他一生著书60余部，香港文学研究社将他与周作人、林语堂、李广田等名家并列，有“中国现代游记写作第一名家”之誉。

青 草 湖

景点简介：青草湖，是一个季节性的湖泊，冬春水涸，青草弥望，所以叫青草湖。据《名胜志》记载，在唐宋时，湖周二百六十五里，目前整个南洞庭湖和西洞庭湖，包括已经围垦的垸落，都属于青草湖。其地域覆盖汉寿县境。由于青草湖的地理特性，水落为洲，水涨为湖，水落时与洞庭湖相隔，水涨时与洞庭湖连成整体，水面十分壮阔。

［南朝］阴 铿

渡青草湖

洞庭春溜满，平湖锦帆张。
沅水桃花色，湘流杜若香。
穴去茅山近，江连巫峡长。
带天澄迥碧，映日动浮光。
行舟逗远树，度鸟息危樯。
滔滔不可测，一苇讵能航。

作者简介：阴铿(约511—约563)，祖籍甘肃武威，迁居常德安乡。少时聪颖好学，能诵诗赋，博涉史传。擅长五言诗，与何逊并称“阴何”。杜甫有诗称赞“颇学阴何苦用心”“李侯(李白)有佳句，往往似阴铿”。

[唐] 杜 甫

宿青草湖

洞庭犹在目，青草续为名。
宿桨依农事，邮签报水程。
寒冰争倚薄，云月递微明。
湖雁双双起，人来故北征。

作者简介:杜甫(712—770),字子美,自号少陵野老,世称“杜工部”“杜少陵”等。河南府巩县(今河南巩义)人。唐代伟大的现实主义诗人,杜甫被世人尊为“诗圣”,其诗被称为“诗史”,约1400余首诗被保留了下来。759—766年间曾居成都,后世有杜甫草堂纪念。晚年入湘,进入洞庭湖。

[元] 唐 珙

过 洞 庭

西风吹老洞庭波，一夜湘君白发多。
醉后不知天在水，满船清梦压星河。

作者简介:唐珙,字温如。元末明初会稽山阴(今浙江绍兴)人。

青 尉 祠

景点简介:青尉祠,位于汉寿县城东宝塔河社区,是龙阳(今湖南汉寿)后人为纪念青文胜所建。2019年3月,青文胜墓入选湖南省第十批省级文物保护单位名单。

[明] 陈洪谟

青 尉 祠

江乡谁构此堂新,香火春秋荐渚苹。
当日孤忠陈大义,百年残喘沐深仁。
史鳝既死尸犹谏,东野虽穷业不沦。
宦辙底今多厚禄,几人持疏为疲民。

作者简介:陈洪谟(1474—1555),字宗禹。武陵(今湖南常德)人。明弘治九年(1496)进士。官至兵部右侍郎。告归居乡,在河洑山以西高吾山创办高吾精舍,致力培养家乡后学。有《治世余闻》《革除编年》《五经辑略》《嘉靖常德府志》等。

[明] 朱廷声

青 尉 祠

不为身家只为民，誓将一死感吾君。
寸诚真切弥天地，散作龙阳百里春。
死叩天阍已百年，至今庙貌俨生全。
吾民不尽伤心泪，滴滴含愁到九泉。

作者简介：朱廷声（？—1537），字克谐。江西进贤人。明朝副都御史、刑部侍郎。

鹿溪竹海国家森林公园

景点简介：鹿溪竹海国家森林公园，位于汉寿县、常德市鼎城区、益阳桃江县的交界地带，地处洞庭湖流域的丰家铺乡境内，是雪峰山脉向洞庭湖平原过渡地带，南部丘陵属于雪峰山余脉。最高海拔158米，最低海拔55米，山势由西至东，连绵起伏，成为资江、沅江两水的分水岭，汇高山、峡谷、溪流、茂林于一身。公园森林覆盖率达89.2%，林木蓄积16.8万立方米，以楠竹、阔叶林为主，有国家一级保护植物野生红豆杉、银杏等。公园内有“贵妃落发天宝庵、杨幺太子寨、葵竹茶亭”等遗址及古老传说。

[唐] 吕 岩

梅溪晓望

摩挲睡眼望山凹，非雾非烟景四郊。
一幅生绡不收拾，被风展却挂林梢。

作者简介：吕岩(713—741)，字洞宾，号纯阳子，自称回道人。唐末、五代著名道士。世称吕祖或纯阳祖师，为民间神话故事八仙之一。

袁瑞林

沁园春·鹿溪

日照峰峦，谷底生辉，遐迩著闻。望青溪竹海，白云缭绕；深山红豆，花影缤纷。百里松涛，千年古庙，路转峰回又一村。爬山道，叹幽林奇境，万物争新。　　珍禽异兽成群。好生态、提高精气神。愿新潮启动，名传青史；老牌复活，焕发青春。堂屋常开，擂茶煮好，盛世祥和物自欣。画图展，正旅游兴起，车马盈门。

作者简介：袁瑞林，1950年生。湖南汉寿人。中华诗词学会、湖南省诗词协会、常德市诗词学会、汉寿县诗词学会会员。

彭竹桃

鹿溪竹海

雪峰崇岭野人家，风引炊烟几道斜。
曲径溪潺逢异鸟，林阴蝶舞醉明霞。
苍松翠竹滴晨露，红豆古枫披彩纱。
饱览乡村山与水，尤为竹海最奇葩。

作者简介：彭竹桃，女，1965年生。本科文化，汉寿县司法局退休。现任汉寿县诗词学会副会长，湖南省诗词协会、中华诗词学会会员。

太 浮 山

景点简介：太浮山，位于临澧县西南12公里处，海拔605米。跨临澧、石门、桃源、鼎城四区县边界，其东西绵延40余里长，原名彰尤山，相传汉浮邱子炼丹于此，故改今名。

太浮山面积为4300公顷，2001年批准为国家森林公园。

［清］黄道让

登太浮山第一峰

振衣绝顶访浮邱，如此峰峦肯卧游。
日出寺先千户晓，月低影压万山秋。
更无飞鸟能藏背，时有浮云让出头。
远眺须于高处立，道源一线自天流。

作者简介：黄道让(1814—1868)，字师尧，号岐农。临澧县新安镇金坑黄家棚人，一说石门新铺乡黄溪峪村人。晚清著名诗人。咸丰三年(1853)中举人，咸丰十年取进士，授工部主事，掌营缮司。书画都精绝一世，著作等身。

王作太

咏太浮山

雨霁风停腾紫烟，逍遥人已立晴岚。
群山涨翠屏如画，一罅流云势接天。
梵呗清悠萦古寺，红碑高耸纪先贤。
樱花谷里听莺语，水阁山村格外妍。

作者简介：王作太，1949年生。湖南临澧人。中共党员。现为中华诗词学会、中国楹联学会、中国老年书画研究会、湖南省诗词协会、常德市诗词学会会员，临澧县诗词学会常务副会长兼秘书长。

杜光前

太浮山之晨

一枕湖湘梦，鸡声啄破天。
奇峰林霭动，幽涧石泉潺。
昨夜吟灯苦，今晨凝露鲜。
大山随我起，人境好炊烟。

作者简介：杜光前，1947年生。退休干部。中华诗词学会、湖南省诗词协会会员。

谢守成

游浮山有感

宝马香车岭上飞，蜿蜒道路入云帏。
峰藏寺院钟声远，麓掩人家花草肥。
几处层峦没烟霭，一溪泉水出山扉。
殷勤店主邀吾醉，回首桑榆照夕晖。

作者简介：谢守成，1950年生。湖南益阳人。中共党员，退休干部。湘潭大学毕业。临澧县诗词学会会员，常德市诗词学会会员，湖南省诗词协会会员，潇湘散曲社社员，中华诗词学会会员。

林伯渠故居

景点简介：林伯渠故居，位于湖南省常德市临澧县修梅镇高桥社区凉水井组。始建于清光绪年间，占地870平方米，分上中下三进，共有大小房间21间以及多个天井。其建筑风格属典型的清代民居，具有古朴典雅的特点。1985年在各级政府的重视和关心下，林伯渠故居按历史原貌修复。

商中贤

谒林伯渠故居

古柏葱茏故院栽，遮阳挡雨立高台。
尊儒代代从容过，重教时时淡泊来。
惟喜清廉方有福，但知正直更无灾。
延安五老精神永，千载昭铭济世才。

张兴荣

林老故居

笔架飞檐抱柱联，苍桑古柏祭英贤。
马灯记下艰辛路，拐杖量出革命篇。
银杏清溪凉水井，廊桥曲径紫薇园。
伟人矗立群山敬，一岭丰碑可对天。

作者简介：张兴荣，1942年生。湖南临澧人。中华诗词学会、湖南省诗词协会、常德市诗词学会会员。

郑瓦卡

【双调·折桂令】林伯渠故居

翠巍巍古柏参天。九牧名门，肃穆庄严。诗礼传家，清溪凉井，哺育忠贤。瞻公仆生平展馆，塑铜身屹立家山。游遍林园，只见黄牛，不见高官。

作者简介：郑瓦卡，女，1959年生。湖南临澧人。中华诗词学会、湖南省诗词协会会员，常德市诗词学会常务理事，临澧县诗词学会副会长。

丁玲故居

景点简介：丁玲故居，位于临澧县佘市桥镇蒋家村，距离临澧县城八公里。核心面积50亩，是省级文物保护单位、丁玲文学创作基地、常德市爱国主义教育基地。故居内的"复原陈列"展现了丁玲家族的生活、文化、家风等重要场景。"生平陈列"按丁玲人生历程分五个展部，图文并茂地展现了丁玲人生的多彩、磊落与传奇。丁玲故居与"蒋氏文化民俗园"和"蒋氏宗祠"形成三大景点，成为集文物保护、爱教基地、文旅融合于一体的文化名片。

张显全

忆王孙·丁玲故居咏叹

青山秀水育荆姬，武略文韬壮国威。领袖豪夸美誉驰，盛名飞，巾帼英雄天下稀。

作者简介：张显全，1951年生。湖南临澧人。中共党员，临澧县水利局公务员退休。中华诗词学会、湖南省诗词协会、常德市诗词学会会员，湖南省潇湘散曲社社员，现任临澧县诗词学会副会长、《临澧诗词》执行主编。

杜光前

过丁玲故居

有女出湘北，戎装立马征。
纤毫挥作戟，俊发散为缨。
一笔延河水，三千毛瑟兵。[1]
书窗燃烛火，熠熠染霞明。

注：毛泽东《临江仙·赠丁玲》有“一支纤笔何所似，三千毛瑟精兵”句。

作者简介：杜光前，1947年生。湖南津市人。中共党员，退休干部。中华诗词学会、湖南省诗词协会会员，湖南省潇湘散曲社社员。

宋 玉 墓

景点简介:宋玉墓,位于临澧县宋玉村峪溪河南岸的看花山下,系宋玉被楚襄王封为楚大夫后所赐云梦田之地。此处还有宋玉城、九辩书院、宋玉庙、放舟湖等遗址。

[清] 蒋 仲

宋玉墓怀古

大夫埋骨楚江边,字讹碑残不计年。
古岭萧条花寂寂,孤城零落草芊芊。
荒郊日暮啼山鬼,夜月林深哭杜鹃。
遗冢几经遭野火,断肠白雪续遗篇。

作者简介:蒋仲(1840—1912),字仲安,派名定之,号晓岩。安福(今湖南临澧)人。以贡生候补四川州判,后任内江知县。

石成林

再聚宋玉城

雨霁郊区路，驱车宋玉城。
鸟鸣秋色胜，风好雅怀清。
仙草代茶饮，古藤缠树生。
萦怀非景概，最是主人情。

聂　俊

谒宋玉墓

峪溪河畔野花开，遗冢森森满石苔。
旧影依稀空缥缈，新愁恍惚久徘徊。
莺歌每叹凌云志，燕语犹怜济世才。
行看墓旁松柏绿，尽皆沅澧后人栽。

张显全

谒宋玉坟

佳城一座安眠地，傍水依山景色娇。
左托乾冈松茂盛，右弹玉带韵谐调。
鱼朝岸畔清波涌，脉聚坟头紫气飘。
千代贤孙承德泽，八方骚客仰辞豪。

黄　岚

【正宫·塞鸿秋】宋玉故里

放舟湖水清波荡，看花山顶钟灵降。添香红袖销金帐，招魂侠女书生样。唱弹楚地情，喝醉家乡酿，书声九辨真欢畅。

作者简介:黄岚,1945年生。湖南临澧人。中专文化,中共党员,临澧县自来水公司工作直至退休。中华诗词学会、湖南省诗词协会会员,湖南省潇湘散曲社社员,常德市诗词学会及临澧县诗词学会会员。

云 母 溪

景点简介：云母溪，又称云母泉，因泉底及溪涧中遍布云母而得名。位于常德市临澧县东南墨山下。大雨不溢，大旱不干。

［唐］刘长卿

云 母 溪

云母映溪水，溪流知几春。
深藏武陵客，时过洞庭人。
白发惭皎镜，清光媚奫沦。
寥寥古松下，岁晚挂头巾。

作者简介：刘长卿(709—789)，字文房。宣城(今属安徽)人。唐玄宗天宝年间进士。肃宗至德中官监察御史，苏州长洲县尉，代宗大历中任转运使判官，知淮西、鄂岳转运留后，又被诬再贬睦州司马。德宗建中年间，官至随州刺史，世称刘随州。

[唐] 李 华

云母泉诗（并序）

洞庭湖西玄石山，俗谓之墨山。山南有佛寺，寺倚松岭，松岭下有云母泉。泉出石中，引流分渠，周遍庭宇。发源如乳湩，末派如淳浆，烹茶、淅蒸、灌园、漱濯皆用之。大浸不盈，大旱不耗。自墨山西北至石门，东南去东陵，广轮二十里，尽生云母。墙阶道路，灿灿如列星；井泉溪涧，色皆纯白。乡人多寿考。无癖痼疥搔之疾。华深乐之。颍川陈公，天宝中与华同为谏官。公性与道合，忽于权利。方挂冠投簪，顾华以名山之契。乾元初，公贬清江丞，移武陵丞。华贬杭州司功，恩复左补阙。上元中，俱奉诏征，公自清江至武陵，道路多虞，诏书不至。华泝江而西，次于岳阳。江山延望，日夕相见。思与高贤共饮云母之泉，躬耕墨山之下。敢违朝命，以徇私欲。秋风露寒，洞庭微波，一闻猿声，不觉涕下。况支离多病，年齿始衰，愿药饵扶寿，以究无生之学。事乖志负，火爇予心，寄怀此篇，亦以书予之志也。

晨登寒石岭，岭上寒松声。
朗日风雨霁，高秋天地清。
山门开古寺，石窦含纯精。
洞彻净金界，夤缘流玉英。
泽滋药畦茂，气染茶瓯馨。
饮液尽眉寿，餐和皆体平。
琼浆驻容发，甘露莹心灵。
岱谷谢巧妙，匡山徒有名。
愿言构蓬荜，荷锸引泠泠。

访道出人世，招贤依福庭。
此心不能已，寤寐见吾兄。
曾结颍阳契，穷年无所成。
东西同放逐，蛇豕尚纵横。
江汉阻携手，天涯万里情。
恩光起憔悴，西上谒承明。
秋色变江树，相思纷以盈。
猿啼巴丘戍，月上武陵城。
共恨川路永，无由会友生。
云泉不可忘，何日遂躬耕。

作者简介：李华（约715—约766），字遐叔。赵州赞皇（今河北元氏）人。唐代散文家、大臣。唐开元二十三年（735）进士，曾任监察御史、右补阙。因受安禄山职，贬杭州司功，复召为左补阙、司封员外郎，称疾不受，退隐山林而卒。后人辑有《李遐叔文集》。

停 弦 渡

景点简介：停弦渡，位于常德临澧县。其北连澧水，古时设渡口，因西汉司马相如“泛舟兰江，停弦而渡”得名。

聂　俊

过停弦渡

山光旖旎水东流，弱柳垂荫古渡头，
琴曲铮铮送归雁，渔歌袅袅绕行舟。
文君厚意何曾绝，司马深情且未休，
胜处停弦观丽景，一支神笔写春秋。

郑瓦卡

停弦古渡

青山葱郁映蓝天，古渡千秋佳话传。
司马抚琴萦九澧，乡民侧耳赏七弦。
小街商贾业皆旺，柳岸渔歌人尽欢。
钟相杨幺时已远，宋瓷工艺五洲联。

章祖贵

停 弦 渡

相如浪遏弦惊渡，曲韵依稀楚域舒。
野岸千年成闹市，名贤一代起鸿图。
开源聚宝兴瓷苑，富镇活村铺坦途。
但愿文君寻故梦，遥看百舸济泓湖。

作者简介：章祖贵，1946年生。湖南临澧人。恒璋瓷业董事长。中华诗词学会、湖南省诗词协会、常德市诗词学会会员。

彭德初

停弦古渡

黄昏远眺望江楼，帆影波光绕绿洲。
明月曾迎司马客，和风阵阵沐轻舟。

作者简介：彭德初，1944年生。湖南临澧人，中共党员，转业军人。中华诗词学会、湖南省诗词协会、常德市诗词学会、临澧县诗词学会会员。著有诗词集《诗路韵语》。

刻 木 山

景点简介：刻木山，位于临澧县西北部官亭，主峰海拔503米。山形奇特，身卧西天，脸向东方，每当雾沉山麓，云移峰飞之时，犹如西天如来佛。前山岭脊迭降，后山体魄陡峻，左右两边的梅古山，牛角坯，山峦似凤翅伸展，茂密的苍林如覆盖的羽毛。陡峭的后山之中，一尖突岩石形似凤嘴，横空凌立，跃然如飞。山脚下左右两溪清泉如滴，盘山长流不竭，如白练缠绕，蜿蜒曲折，是为众水朝属的宝地。山因庙而显名，庙因山而亘古。山和庙更因历史上“二十四孝”之一的“丁兰刻木”这个凄婉动人的故事而名播千古。山腰中的天然奇石，仿佛一座莲花观音，瑞降人间。其所勾勒出的似仙非仙的“观音约迹”景观，被誉为安福(今临澧)古八景之一。

［明］胡玉成

登刻木山

山开莲萼接仙宫，　楼殿崚嶒幽径通。
岚气霏烟苍露色，　晴光拂曙翠摩空。
几番穿雾披丰草，　一往临深俯绿巃。
野色千山垂目尽，　啸吟身在白云中。

作者简介：胡玉成（生卒年不详），字汝用，号翠珩。澧州（今湖南澧县）人。兄弟七人，玉成年最少。出各异母，特为父所钟爱。诸兄疑父赀阴有所予，玉成请概以贻兄，不欲损父鸣桑之德。性温俭好学，早岁游泮，艰一第。卒年八十有四，尝与宾饮于瀣汇其诗曰《过庭闻集》，戴君为之传。

［明］胡　瀣

登刻木山·和韵

孤影平分花蕊宫，石梁苔径路初通。
染人山色千堆翠，极目天光四壁空。
雾尽溪明涵晓壑，雨余林秀看春巃。
我来长啸群峰应，流览烟霞一镜中。

［清］张士宦

望刻木山

危峰势如削，壁立耸空虚。
寺影人烟末，钟声鸟路余。
不应与天接，偏复有僧居。
会欲登高顶，抗怀观古初。

作者简介：张士宦（生卒年不详），字松南。湖南澧县人。清乾隆五十一年（1786）举人。

夹山寺

景点简介：夹山寺，位于常德市石门县东南夹山山麓，距县城15里。始建于唐懿宗咸通十一年(870)，有楚南名刹之称。据考证，明末李自成起义失败后，曾在此隐居多年。夹山寺占地面积约3平方公里。现存佛教建筑主要有大雄宝殿、天王殿、大悲殿、法堂、藏经楼等，为集闯王陵园、佛教圣地、茶道源头、森林风光为一体，以人文景观为主，融自然风光于一体的旅游佳境。2013年被国务院公布为第七批全国重点文物保护单位。

[唐] 李群玉

夹山寺上方

满院泉声山殿凉，疏帘微雨野松香。
东峰下视南溟月，笑踏金波看海光。

［明］冉　蓝

鸾凤夹山

两山夹峙乱云堆，重锁禅林合复开。
矗矗岭岚从地起，翩翩鸾凤白天来。
气薰芬馥花经眼，影射扶疏竹映怀。
此地清幽宜养静，何须入海访蓬莱。

作者简介：冉蓝，生卒年不详。石门人。明正德年间举人，曾任四川夔州通判，后升夔州知府。

刘百胜

浣溪沙·夹山寺

名刹千年青嶂间，乾坤一绝碧岩泉，禅茶一味美名传。　　善会南迁为鼻祖，墨痕东转作开山。闯王禅隐度余年。

注：开山，指日本“墨迹开山”典故。

作者简介：刘百胜，1963年生。曾供职于津市市市场监督管理局。中华诗词学会、湖南省诗词协会会员，津市市兰津诗社社员。

韦树定

石门县夹山寺谒闯王陵

驱车过石门，伏雨雾畤垄。低映岩泉碧，倒窥夹山耸。
依山访古寺，万木盖茏茸。秋燕飞刹梁，疑云绕荒冢。
人谓闯王陵，即此闇祀奉。奉天玉碑在，坐化三缸重。
逝者如斯夫，来者自钦竦。缅彼一代雄，王侯宁有种？
干戈起草莱，行伍蒙旌宠。狂飙袭天下，江海望汹涌。
一旦势败北，帝业不旋踵。忍悲楚重瞳，未能贾余勇。
为僧隐山林，禅茶悟修甬。兴亡百姓苦，成败盖棺詾。
哀哉时与功，千古土一捧。埋骨怅沅澧，首丘对秦陇。
魂护稻菽丰，胜作兵马俑。诗版浸梅香，丘墓响潜蛬。
夕阳下山门，谒陵只匆冗。

作者简介：韦树定，网名韦散木，1988年生。广西河池人。中华诗词学会诗教培训部高级研修班导师，中国作家协会会员，曾任北京语言大学艺术学院书法专业诗词题跋课程特聘教师，首都师范大学继续教育学院书法教育专业诗词课程特聘讲师及《诗刊》《中华辞赋》杂志诗词编辑。著有诗集《无量春愁集》，辑有文言文集《木年虫天集》。

壶 瓶 山

景点简介：壶瓶山，地处湖南常德石门县境内，系“新潇湘八景”之一、湖南“十大山岳景观”之一。壶瓶山群山巍峨，奇峰挺拔，主峰海拔2098.7米，被称为“湖南屋脊”。壶瓶山旅游景区是全球二百个重点生态区之一，国家级自然保护区，省级生态旅游示范区，湖南省重点生态旅游区。

周运来

鹧鸪天·壶瓶山林景

香雾氲氲绕翠屏，涧溪细水隐精灵。林梢霞景悬天际，岩岭村家傍紫荆。　　飞瀑布，挂萝藤，花开峭壁鸟争鸣。壶瓶直惹神仙妒，岂有凡人不动情。

姚绍举

壶瓶山踏青

天梯一道入苍霞，鸟瞰沅湘百万家；
幽谷芳林无浅草，危峰绝顶有高花。
登山宿客闻鸡起，采药归途把月赊；
须借闲情游两日，好从云际访鸿涯。

注：鸿涯，仙人名。

雷建生

咏壶瓶山

瀑溅星云岭断空，沧桑阅尽仍从容。
林峦尚沐冰川雨，崖壑犹吹热海风。
鹅耳香盈天宇外，珙桐荫翳太和中。
且斟玉液壶瓶里，散洒潭边卧醉翁。

作者简介：雷建生，1938年生。湖南石门人。大学本科文化，中学语文高级教师。曾任石门一中常务副校长，石门县中学语文教研会理事长，湖南省作文教研中心研究员，省中学作文教材编写组成员。在省级以上报刊发表教研论文40多篇，主编或参与编写教学专著5部，两次荣获全国作文教学“园丁奖”。业余从事文学创作，发表各类文学作品30多件。1962年所写新诗《山上人家》获省青年文学创作二等奖，《咏壶瓶山》（七律）被选刻于中国常德诗墙。

陈细彬

踏莎行·壶瓶山

霜染枫林，风摇树杪。黄花翘首东篱坳。含情草木杳无声，馨香四溢围山绕。　　暮霭沉沉，炊烟袅袅。苍山一抹斜阳照，倚楼遥见笑声喧，漂流尽兴还归棹。

作者简介：陈细彬，女，1950年生。中华诗词学会、湖南省作家协会、湖南省诗词协会会员。著《湘北纪事》一部，获丁玲文学奖。

覃业翼

剩头堡行吟

隔世仙山虎豹崇，西方秘境愧天宫。
山深路淹风烟里，堡浸林幽画轴中。
悬索吊桥惊绝谷，茅房隘寨映苍穹。
长歌怀月亲神鸟，我醉抱泉眠岫风。

作者简介：覃业翼，1964年生。湖南石门人，大学文化。中华诗词学会、中国散文学会、湖南省作协会员，湖南省诗词协会会员、湖南省诗歌学会会员，湖南省楹联文化传承人，石门县诗词学会会长。先后任石门县委办副主任，石门县文化局、文化广电新闻出版局局长，现职石门县人大常委会。著有散文集《小屋听雨》。

景点简介：剩头堡海拔1291.8米，地理位置独特，三面环水一面靠山，前方三面是悬崖峭壁的深渊峡谷，背面则为地势高峻荒无人烟的绵延大山，称为剩头耍尾，以神秘著称。现为壶瓶山国家级自然保护区华南虎唯一放养地、大湘西全域旅游圈精品旅游线路节点目的地。

席承明

黄虎港有感

久闻黄虎港，一望识丰标。
浮黛接崖岸，飞绡连石桥。
三山分势立，两水合流调。
古道思茶马，猿声远市嚣。

作者简介:席承明,1953年生。湖南石门人。1970年知青下乡至石门县杨坪(公社),1974年招工至湘石磷筹建处(壶坪山),1984年转调津市市至退休。

景点简介:黄虎港位于石门县壶瓶山境内。风貌独特的黄虎港,山势峻峭,峡谷深幽。渫水与黄虎港河于此交汇,三座大山(磨架山、大面山、簸箕山)挟势对峙,成为令人叹为观止的人文景观,黄虎港大桥与之相映生辉。

仙 阳 湖

景点简介：皂市水库(现更名仙阳湖),位于石门县渫水下游,距县城19公里,是一座以防洪为主,兼有发电、灌溉、航运及旅游等综合利用的大型水利工程。从大坝到磨市的百里长峡为浩渺平湖,常年雾绕湖心,大坝卧波,水含云山。

吴阳金

仙 阳 湖

澧水沧波泻玉川，或丝或绢总成绵。
平湖新月多从柳，匝地清风尽带弦。
一笛轻舟红日里，三庚旅雁白云边。
爱听荷叶叮咛雨，已惯心情在自然。

作者简介：吴阳金，1956年生。湖南石门人。爱好诗词写作，湖南省诗词协会、常德市诗词学会、石门县诗词学会会员。

杨代漳

水调歌头·仙阳湖水库

澧水出幽谷，自古浪滔滔。喜今大坝横卧，巧锁万年蛟。挽断春潮百丈，荡漾秋波千顷，银瀑半空飘。莫道瑶池美，斯水更妖娆。　平湖阔，烟岚渺，岸崖高。画廊百里，春卉秋果媚山腰。时有游船上下，尤爱渔舟唱晚，金鲤戏追艄。风过清波涌，伴我故乡谣。

作者简介：杨代漳，曾用名章弋、亦章，1947年生。二级作家，中国戏剧家协会、中国明史学会会员，石门县文联原主席，常德市文联、作协原副主席。著有小说、诗歌、戏剧等文艺作品。

郑继和

秋日游仙阳湖

雨霁天高柳影长，蝉鸣雀噪闹斜阳。
湖衔皓月环流水，波荡轻舟觅梓乡。
小棹悠悠摇旧梦，微风阵阵戏蟾光。
一年最是温馨处，莫过金秋桂子香。

作者简介：郑继和，1947年生。湖南常德石门县三圣乡杜家岗社区原主任，石门县第八、九届人大代表，湖南省诗词协会、石门县诗词学会会员。

胡明合

【越调·小桃红】石门仙阳湖

蓝天碧水影微茫，人倚扁舟荡。湖面玻璃透明亮。鹭飞翔，烟村芳草翻新样。渔歌互答，温泉共享，客旅任徜徉。

作者简介：胡明合，土家族，1940年生。湖南石门人。中学高级教师，中华诗词学会会员。著有《沱水新声》《鸣皋集》诗词联集。

彭美和

仙 阳 湖

雄姿山耸翠，灵秀水茫茫。
浪挽渔舟返，声惊白鹭翔。
危楼人影短，曲岸柳丝长。
晨雾初收起，杜鹃分外香。

作者简介：彭美和，1947年生。湖南石门人。建设局退休人员。中华诗词学会、湖南省诗词协会、常德市诗词学会会员。

皮国繁

泛舟石门县仙阳湖

一汪碧液嫩如脂，贪赏湖山几欲痴。
彩舫轻划蓝玛瑙，锦鳞娱戏翠琉璃。
飘来云霭皆成画，荡起涟漪总是诗。
水育鱼肥鱼净水，创新敢作弄潮儿。

张天夫

重游仙阳湖（二首）

又逢六月水接天，一片烟霞似旧观。
谁料拎湖忽抖动，湖中掉出白云山。

九澧山中水未穷，随心泼墨不相同。
仙阳画片芭蕉叶，题款茶山二百峰。

作者简介：张天夫，1952年生。湖南石门人。中国作家协会、中国诗歌学会、中华诗词学会会员。出版有散文集《天不在意》、诗歌集《天空未种》《天未遗忘的村落》，茶文学作品集《天若品茗》《天夫诗词》《天夫对联》《天夫辞赋》等，散文获中国第六届、第七届冰心散文奖，诗歌获第八届丁玲文学奖，多篇辞赋搬上了大学讲坛。

涔阳古镇

景点简介：涔阳古镇旧址，在今安乡县的焦圻镇，位于澧水的支流涔水之阳。该地旧时处在交通要道“岑阳古道”上，澧州旧志载：“发成阳，出蓝关，经郧襄而至澧土，由此往南经武陵、沅辰至牂牁夜郎也，此乃必由之道。”

［唐］司空图

涔阳渡

楚田人立带残晖，驿迥村幽客路微。

两岸芦花正萧飒，渚烟深处白牛归。

作者简介：司空图(837—908)，字表圣。河中虞乡(今山西运城)人。33岁中进士，官至中书舍人，知制诰。黄巢起义时，逃归河中中条山的王官谷，后朝廷召复，称疾不出。朱温篡唐，召不赴任。次年，闻唐哀帝被杀，绝食而死。有《司空表圣文集》，另有《司空表圣诗集》，为后人所辑。

[唐] 李群玉

秋登涔阳城（二首）

万户砧声水国秋，凉风吹起故乡愁。
行人望远偏伤思，白浪青枫满北楼。

穿针楼上闭愁烟，织女佳期又隔年。
斜笛夜深吹不落，一条银汉挂秋天。

黄 山 头

景点简介：黄山头，距安乡县城33公里，与湖北省公安县黄山头镇接壤。西毗松滋河，东邻虎渡河，北枕长江，南抚洞庭。境内有大小山峰32个，主峰海拔268.8米。北有赖氏湖，南有东湖坳，西有明塘湖，东有黄天湖，自古素有“银湖翠野一金山”的美称。

齐跃生

水调歌头·登黄山头

一马平川境，突起秀山深。苍松古柏滴翠，陡壁峭悬根。乱石穿空映月，绿竹紫藤缠树， 寺庙绕梵音。两省连一脉，一脚踏同痕。　　冲风峪，白龙井，石脚纹。犀牛望月，夜访佳话古今吟。更有荆江南闸，气势恢宏横渡，古墓现殊珍。眺望新村叠，烟火万家春。

作者简介：齐跃生，笔名心驰。1958年生。湖南安乡人。现任安乡县政府调研员。安乡县老年大学校长。曾任安乡诗词学会会长。中华诗词学会、湖南省诗词协会会员。现任安乡县诗词学会党支部书记。

雷　波

沁园春·黄山头

百里平川，一石飞来，沃野葱茏。有满山松树，凝霜望月，半坡翠竹，饮露摇风。坳集山泉，泉流润地，千顷良田脚下丰。明塘畔，望翩翩白鹤，幻影仙踪。　　一街两镇名同。沟为界，佳肴特色浓。点黄山板鸭，竹园火腿，北街热面，南店蒸笼。酒语诗心，民谣雅韵，欲醉还休难逞雄。渐凉夜，任一钩新月，独钓溪东。

丁才生

水调歌头·金凤山行

长乐作唐水，杖屦凤山游。千寻石径，修竹绿树绕高楼。短艇东湖乘兴，陌上黄鹂婉转，春在柳梢头。天晚飞红处，日照大江流。　送飞鸥，浮玉盏，放清眸。潺陵此际，长忆旧事话从头。幸有故人相见，俯仰浮生今古，何必觅封侯。但愿人长久，明月照神州。

注：黄山又名凤凰山。

作者简介：丁才生，1956年生。湖南安乡人。退休教师。中华诗词学会会员。

深柳书院

景点简介：深柳书院，位于湖南省安乡县城北鹳港兴国观（松滋河畔），原名范文正公读书台。宋范仲淹曾随继父朱氏居县，读书于兴国观。始建何年无考，南宋庆元二年（1196）建范文正公祠，宝庆二年（1226）修建“范文正溪东书院”。清乾隆十年（1745）知县张绰重修，植柳百株，改名“深柳”。嘉庆十七年（1812）知县银中球增修，有正殿、讲堂、学楼、门楼等。

［宋］刘子澄

范文正公书台

安乡古下邑，公偶混迹居。
编茅阅今古，清澄涔澧潴。
波涛入胸中，万甲时卷舒。
坐吞八九泽，去作宋真儒。
西师出绪余，胆已寒毡庐。
军中但歌范，谁识旧陶朱。
大贤方穷时，隐忧在江湖。
功成等糠粕，况复堂上书！
我来拜遗像，悲风咽黄芦。
公今倘无死，此地正堪娱。

作者简介：刘子澄（生卒年不详），号玉渊。湖南桃源人。官居永州监簿。南宋绍定年间持檄过龙阳，修香积寺（即净照寺），建九疑书舍于永州高士岩。层岩有淳祐丙午石刻诗。

马承斌

深柳书院重建吟

松滋河畔柳荫长，书院重修振梓桑。
不问一身多坎坷，但期百姓少流亡。
舍生取义留风骨，后乐先忧作脊梁。
千古英名传史册，潺陵故事著华章。

李承武

念奴娇·深柳抒怀

登楼远望，见深柳遗址，烟波云叠。至理名言传万代，忧乐情怀高洁。天下兴亡，匹夫有责，千古英雄诀。今朝凤翥，引来多少豪杰。　遥睇松虎横舟，轻帆江浦，几点归鸦没？闲步幽林花簇拥，晚景寸忱弥切。我欲挥毫，联珠泼墨，把酒相交迭。和诗吟赋，宛然清气飞越。

作者简介：李承武，1944年生。曾任安乡县人大常委会主任。中华诗词学会、中国摄影家协会、中国老年书画研究会会员。著有《深柳闻莺》诗词集四部（均获丁玲文学奖）、《墨韵诗心》诗画集一部。与夫人合著《月影长桥》摄影集一部。

汤家岗遗址

景点简介：汤家岗遗址，位于湖南省安乡县。遗存有灰坑、墓葬、石器、陶器、环壕土围等。该遗址以艺术神器白陶的发现闻名于世，白陶陶盘上有八角星图，制作工艺非常精美。考古学界认定为南亚文明的发源地之一。

齐跃生

浪淘沙·汤家岗遗址

浅草没丘冈，溪水流长。花红翠盛溢芳香。惊现七千年遗址，古韵悠扬。　　出土物琳琅，岁月流光。环壕围土落城墙。八角星图呈异彩，梦里陶乡。

晏　华

浣溪沙·汤家岗

壁柳青田渠草芳，群贤荟萃聚村乡。坑壕屋室梦彷徨。　　南亚文明何璀璨？白陶故里岂遗忘？星图八角泛流光。

作者简介：晏华，1975年生。常德安乡人。湖南省作协网协会员。机关工作之余，常纵情于乡村田园之间。写诗撰文，吟诗作画，挥毫泼墨，知田园之乐，品诗书之韵。

珊 珀 湖

景点简介：珊珀湖，坐落在大鲸港大桥与石龟山大桥相连的大石公路以北。位于安乡县安丰乡境内，安保大垸之西北，是安丰人民的母亲湖、安保大垸的调蓄湖，也是安乡最大的淡水湖，全省著名的渔业养殖基地。珊珀湖长9.5公里，最宽处5公里，平均宽2.73公里，面积26平方公里，蓄水量0.39亿立方米。

刘承君

浪淘沙·游珊珀湖

碧水泛微澜，白鹭盘旋。拂堤杨柳醉春烟。阵阵荷香飘十里，沁入心田。　百鸟戏林间，浪拍鱼欢。渔舟唱晚夕阳边。昔日荒洲成福地，美丽家园。

作者简介：刘承君，1957年生。湖南安乡人。中共党员，退休职工。

韩佑君

鹧鸪天·珊珀湖

珊珀湖平水接天，青螺滩阔物华鲜。迎晨雁影轻游渚，向晚渔歌满载船。　大鲸港，洞庭边。依依唇齿紧相连。看过故里山川秀，不到他乡觅自然。

作者简介：韩佑君，女，1954年生。湖南津市人。津市人民医院医生，现在广东东莞清溪人民医院工作。中华诗词学会、广东中华诗词学会、东莞中华诗词学会会员，东莞清溪诗词楹联学会副秘书长，湖南省诗词协会、常德市诗词学会会员。

姜女庙

景点简介：姜女庙，位于津市市嘉山。嘉山原名翠麓山，自秦以后人们纪念孟姜女，将其改称孟姜山。明嘉靖年间，吏部尚书李如圭上书皇帝，嘉奖孟姜女贞烈，遂将孟姜山更名为嘉山。姜女祠也称姜女庙，坐东朝西。嘉山景区因孟姜女而变成人们敬仰的名胜古迹之地，旅游景区所在城市也被人们称为“孟姜女的家乡”。

[明] 李如圭

嘉山孟姜女祠

烈女何年失所天？哀号矢死未亡前。
声声彻骨城倾堵，点点伤心地涌泉。
黄壤无情迷梦蝶，青山有意怨啼鹃。
杞梁久已同枯草，尚托清风入汗编。

作者简介：李如圭(1479—1547)，字国宝，号涔涯。澧州(今湖南澧县)人。弘治进士，嘉靖十九年(1540)升户部尚书，旋改工部尚书。三年后致仕归澧，卒葬州西北白岩山(今临澧新安镇)，入祀乡贤。

[清] 于翼如

姜女庙

庙貌峨峨对夕曛，孟姜节义至今闻。
哭将贞石化魂魄，羞向阳台行雨云。
万里边墙方版筑，九州郡县又瓜分。
祖龙抔土归何处，惟有山花尚伴君。

作者简介：于翼如，字瀛舫。湖南慈利人。清嘉庆举人，官居南汇知县、太仓知州。鸦片战争时，屡上疏条陈兵事，被降职调离。当其途经焦山(今镇江焦山)时，吴人为其绘《焦山饯别图》。著有《杏花春雨舫集》。

秦自超

嘉山姜庙重修

嘉山春日柳如丝，姜庙重修胜昔时。
四壁旧题前代句，两楹新篆后人诗。
雕龙盘柱吐灵气，斗角凌空舞凤姿。
金粉观音欣盛世，素衣姜女展愁眉。

作者简介：秦自超，1944年生。湖南张家界人。中共党员，历任津市教育局副局长，津市四中、二中、一中校长，现为津市老年大学常务副校长。历任津市兰津诗社副社长、顾问、常德市诗词学会常务理事，系湖南省诗词协会、中华诗词学会会员。

毛 里 湖

景点介绍：毛里湖国家湿地公园，位于常德市津市市境内、澧水下游，公园总面积6250公顷。其中，湿地总面积4408.9公顷，常年蓄水1.38亿立方米，跨津市市5个乡（镇）28个行政村和西湖渔场。毛里湖由8条主要溪河汇集而成，经哑河流入沅水，有仅存的洞庭湖自然岸线，是洞庭湖湿地生态系统的重要组成和洞庭湖生态经济区规划的重点区域。2016年8月，湖南毛里湖通过国家林业和草原的验收，正式成为国家湿地公园。

蔡建和

临江仙·泛舟毛里湖上

水接云霞天外去，滩头芦苇人家。闲鸥野鹭掠空斜。牛哞愁日晚，鱼寂泛菱花。　画卷徐铺谁理会，悄然圣手涂鸦。流光溢彩对空夸。飘飘迷所适，轻易莫浮槎。

皮国繁

游津市毛里湖

爽籁开心境，平湖豁眼眸。
冲波飞快艇，掠水戏轻鸥。
澹澹晴吞日，粼粼雨漫洲。
甘为泽国宰，不做玉城侯。

唐云英

鹧鸪天·吟毛里湖

一脉清流九九湾，白鸥逐浪任盘旋。四围蒲草烟霞老，百啭飞禽天地宽。　频眺望，久留连，苍茫何处打鱼船。依稀闻得渔歌晚，欸乃声声不记年。

娄德华

踏莎行·毛里湖

翠柳摇风，东方破晓。兰汀鸥鹭余音袅。一泓深处碧含天，画船迎日游人笑。　　毛里湖新，孟姜女俏。囊萤照读千年表。传奇故事几人知？时空浴染烟波淼。

向才梅

游毛里湖湿地公园

一湖串起千山绿，众鸟和鸣万象新。
鱼戏清波摇燕尾，花开秀岸醉游人。
曾经蜕变三流水，今日回归四季春。
打鼓台为此番响，孟姜女赞草如茵。

作者简介：向才梅，1952年生。大学文化。退休前任常德市直属机关工委书记，退休后钟情于古诗词。现为中华诗词学会、湖南省诗词协会、常德市诗词学会会员，并任常德市诗词学会常务理事。

药 山 寺

景点简介：药山寺，古名慈云禅寺，位于湖南津市市药山镇药山村。这里地处武陵山余脉向洞庭湖盆地过渡地带，是湖南省重点宗教活动场所，已被列为国家级非物质文化遗产、国家重点寺院。药山寺始建于唐代，是唐代著名高僧惟俨禅师住锡传禅之地，是禅宗的重要祖庭，曹洞宗的法脉源头。信众曾遍布东亚、东南亚各地。

［宋］释德洪

渔父词·药山

野鹤精神云格调，逼人气韵霜天晓。松下残经看未了。当斜照，苍烟风撼流泉绕。　　闺阁珍奇徒照耀，光无渗漏方灵妙。活计现成谁管绍。孤峰表，一声月下闻清啸。

作者简介：释德洪(1071—1128)，一名惠洪，号觉范。筠州新昌(今江西宜丰)人。自幼父母双亡，北宋元祐四年(1089)，冒惠洪名得度为僧。工书善画，多与知名士大夫交游，在北宋僧人中诗名最盛。著有《石门文字禅》《冷斋夜话》等。

钱绪志

破阵子·谒药山古寺

独爱名山古刹，又临白塔青峰。一记钟声云汉外，千缕禅机幽壑中。清潭涤倦容。　　莫道红尘易老，不堪岁月霜风。撷得梵声歌一阕，浑把苍颜对九空。白头意万重。

作者简介：钱绪志，1961年生。古诗词爱好者。湖南省红网特评员、津市市兰津诗社会员。

蔡业广

谒药山古寺

深丛古刹绕轻烟，钟鼓悠悠僧坐禅。
弘道开宗留佛迹，门徒承德习先贤。
花依甘露鸟依树，水在碧池云在天。
最是神游通妙诀，修身行善亦陶然。

作者简介：蔡业广，1950年生。中共党员，大学汉语言专科学历。曾任津市市第四中学校长、津市市第二中学副校长。

毛先梅

药 山 寺

古刹千年隐澧州，山间竹海景清幽。
唐风殿宇萦佳气，碧水亭台任漫游。
默祷岂惟心愿念，频参孰谓渴饥求。
晨钟暮鼓红尘远，悟透浮生解百愁。

作者简介：毛先梅，女，1970年生。湖南津市人。津市兰津诗社社员，常德市诗词学会会员。

杨佳钧

谒竹林禅院

竹林禅院画图中，三面环山郁郁葱。
楼阁书斋隐深处，粉墙碧瓦映长空。
堂明湖翠经纶在，殿直岩高气势雄。
暮鼓晨钟烟袅袅，天人融合继唐风。

作者简介：杨佳钧(1941—2024)，湖南津市人。大专文化。曾任中共津市市委宣传部副部长，市广播电视局局长，现为中华诗词学会会员、津市兰津诗社社员。

吴蓉蓉

夜宿药山竹林禅院

夜宿山林居小筑，拂檐高竹影朦朦。
临湖清冷秋霜白，卧榻温馨烛火红。
钟磬萦纡皆佛偈，鼓梆断续入苍穹。
凝神闭目心沉静，倚枕听禅意未穷。

作者简介：吴蓉蓉，女，1950年生。湖南津市人。爱好读书、摄影和旅游，尤喜古典诗词。中华诗词学会、湖南省诗词协会、常德市诗词学会、澧县诗词学会会员。

张雪英

题药山寺竹林禅院

明公坐禅寂，结宇隐竹林。
户外青峰秀，阶前菡萏馨。
啾啾声悦耳，杳杳韵回音。
宁静淡泊境，慈悲为洗心。

注:明公指药山寺竹林禅院住持明影法师。

作者简介:张雪英,女,1964年生。湖南津市人。初中毕业,农民,从事个体工作。湖南省诗词协会、常德市诗词学会会员。

其他景点

［唐］李　白

望木瓜山

早起见日出，暮见栖鸟还。
客心自酸楚，况对木瓜山。

景点简介：木瓜山，位于常德县城东15里处，山上曾有木瓜寺。

［唐］李　白

游洞庭湖（二首）

南湖秋水夜无烟，耐可乘流直上天。
且就洞庭赊月色，将船买酒白云边。

洞庭湖西秋月辉，潇湘江北早鸿飞。
醉客满船歌白苎，不知霜露入秋衣。

［唐］刘禹锡

汉寿城春望

汉寿城边野草春，荒祠古墓对荆榛。
田中牧竖烧刍狗，陌上行人看石麟。
华表半空经霹雳，碑文才见满埃尘。
不知何日东瀛变，此地还成要路津。

注：古荆州刺史治。亭下有子胥庙、楚王古坟。旧志或谓子胥所掘平王之墓，或谓楚昭王墓，恐属附会。

［宋］黄庭坚

武　陵

武陵樵客出桃源，自许重游不信难。
却觅洞门烟锁断，归舟风月夜深寒。

作者简介：黄庭坚（1045—1105），字鲁直，自号山谷道人，晚号涪翁，又称黄豫章，以谪仙自称，世称金华仙伯。洪州分宁（今江西修水）人。其父黄庶是专学杜甫的诗人。“江西诗派”的开山之祖，北宋诗人、词人、书法家。

[宋] 范成大

澧浦

苇岸齐齐似碧城，江船罨岸逆风行。
绿蘋白芷俱憔悴，惟有蒌蒿满意生。

作者简介：范成大(1126—1193)，字至能(《宋史》等误作“致能”)，一字幼元，早年自号此山居士，晚号石湖居士。平江府吴县(今属江苏苏州)人。南宋时期官员、文学家、书法家。

[宋] 寇　准

南平驿

心随流水还乡国，身向青山上屈盘。
秋梦不成秋雨细，西风一夜客亭寒。

作者简介：寇准(961—1023)，字平仲。华州下圭(今陕西渭南)人。宋太平兴国五年(980)进士。曾三度为相，封莱国公。后贬道州司马，再贬雷州，死于南方。著有《寇忠愍公诗集》。

景点简介：南平驿，在今湖南常德安乡县境。《直隶澧州志》载：“南平驿属安乡，盖尔时自华容北行不取道于荆故耳。”此处三水交汇，为古代常德地区的重要驿站。

［元］颜耕道

南禅寺

南禅林壑似匡庐，台阁荒凉倚碧虚。
石上松花香可茹，窗前蕉叶净堪书。
黄昏鸟雀从来往，白昼云烟自卷舒。
我亦久谙泉石趣，何当卜筑傍僧居。

作者简介：颜耕道，生卒年不详。湖南澧州人，一说平江人。工诗词，善书法，筑室安乡黄龙山，不乐仕进，号“林泉野老”，享寿86岁。

景点简介：南禅寺，在安乡县黄山头南麓。建于宋，毁于明，现已重建。

[明] 王守仁

武陵潮音阁怀元明

高阁凭虚台十寻，卷帘疏雨动微吟。
江天云鸟自来去，楚泽风烟无古今。
山色渐疑衡岳近，花源欲问武陵深。
新春尚阻东归楫，落日谁堪话此心。

作者简介：王守仁(1472—1529)，字伯安，号阳明，又号乐山居士。浙江余姚人。明朝杰出思想家、文学家、军事家、教育家。明孝宗弘治十二年(1499)进士。初任刑部主事，因主持正义得罪刘瑾，遭廷杖，被贬贵州龙场驿丞，后起用未庐陵知县、右佥都御史、南赣巡抚、两广总督等职，因平定南赣、两广盗乱及宸濠之乱，获封"新建伯"，拜南京兵部尚书、左都御史。王阳明是"心学"的集大成者。著有《王阳明全集》《王文成公全书》等。

景点简介：潮音阁，遗址位于常德大西门外"九重天"小区前临江处。因薛瑄、王守仁先后在此住宿、讲学，后改名寓贤阁。明建清毁。

[明] 蒋 信

桃冈即事

箬笠藤蓑此寄眠，莺啼花发重今年。
旋栽松桂树千本，闲和沧浪诗百篇。
胜客每惭携酒过，佳晨空负看溪还。
何时计取青蚨足，买个支篷鸭嘴船。

作者简介：蒋信(1483—1559)，字卿实，号道林。武陵(今湖南常德)人。嘉靖十一年(1532)进士，历任四川佥事、贵州提学副使。明代哲学家，王阳明、湛若水的弟子。创办桃冈精舍(书院)，对常德地方文化产生了很大的影响。著有《蒋道林文粹》等。

景点简介：桃冈，即常德城东门外今绿岛小区一带，当时因满冈桃树而得名。蒋信在此创建桃冈精舍，与弟子讲学其中，在当时影响很大。

[明] 杨 宣

白鹤池

白鹤双飞不记年，小池仍在府堂边。
追寻宝墨无遗迹，变化芒鞋恐漫传。
云过苔痕犹点染，风来竹影尚蹁跹。
何须骑向扬州去，此日安闲即是仙。

作者简介：杨宣(1425—1497)，江西乐安人。明景泰五年(1454)进士。初任吏部主事，成化二年(1466)外任为常德知府。在任九年，政绩卓著。尝组织纂辑郡志，成若干卷，为后来陈洪谟编撰《嘉靖常德府志》奠定了基础。白鹤池原在当时府衙内，故有此诗。

[明] 龙 膺

浛园绝句（二首）

小 刹

柳叶重湖环小刹，桃花春雨涨新痕。
山头山尾松围屋，溪北溪南水到门。

乐鱼台

乐鱼台下放生池，瀺灂群游戏绿漪。
浪说昆明衔索去，明珠傥亦解相贻。

作者简介：龙膺（1560—1622），初字君善，改字君御，号茅龙氏、朱陵，别号汶浛公、纶叟，合称纶浛先生。武陵（今湖南常德）人。明代官员，文学家。万历八年（1580）进士，官至太常寺正卿。龙翔霄之孙，龙德孚之子。“浛园”是龙膺在柳叶湖畔修建的一座别墅。著有《九芝集》《纶浛诗集》等。

[明] 刘 瑄

登太清山

五老峰窝可避兵，风烟路熟喜重行。
云高不断故人梦，怪鸟能添旧日声。
千重楼台萦紫翠，半衔日月失阴晴。
为猿直上浑忘返，野老争迎贡麦青。

作者简介：刘瑄(生卒年不详)，字他山。澧州(今湖南澧县)人。明崇祯十三年(1640)进士，授翰林检讨。明亡后至衡山削发为僧，清初屡荐不起。著有《憨园集》《掌园存稿》等。

景点简介：太清山，位于澧县西北，海拔1020米。《直隶澧州志》称此山“为澧北诸山之祖。周回百里，茹溪环之，影落数十里外”。

［明］罗世贤

夏日登漳江阁

杰阁临江影倒天，干云直上望悠然。
断虹携雨三涂北，孤鸟培风六诏前。
彭泽幽怀桃有纪，伏波壮志笛宁传。
倚栏一笑谁堪把，拟待冰轮湛碧川。

作者简介：罗世贤(？—1621)，陕西榆林人。行伍出身，明末将领。此诗是他早年登漳江阁所作。

景点简介：漳江阁，位于漳江与沅水的汇合处，三面临江。诗人登阁远眺，沅水两岸的山色水影尽收眼底。

［明］曾之忠

沧 港

源自沧峰落，水从浪岫迂。
屈平泪昔涨，渔父枻今无。
沅已十三合，湖连八九区。
我来看日暮，波静倒浮图。

作者简介：曾之忠，字亮公。龙阳（今湖南汉寿）人。曾寿贵之子，少聪俊。少詹罗喻义、巡抚郭都贤，拟为卫玠。所著《宫词百咏》《浮湘吟》，皆为序以传。

景点简介：沧港，在常德汉寿县西15里，即沧浪水流入沅江之处。传说屈原当年遇渔父即在此处。明清时建有沧侯寺、三闾大夫祠。

[明] 胡　济

三　江　口

江流三派合，山色四围遮。
野店无人语，松阴数落花。

作者简介:胡济,生卒年不详。江西兴国人。明正德年间任澧州同知。

景点简介:三江口,在湖南常德石门县境,溇水和澧水的交汇处,现建有大型水电站。

[明] 杜　安

游普光寺

古寺远城市，老僧无世情。
幽花撩客喜，落叶少人行。
草座禅心定，竹房诗梦清。
栖迟才一日，尘虑坦然平。

作者简介:杜安,生卒年不详。湖南安乡人。建文己卯(1399)举人,官任庐州训导。

景点简介:普光寺,在常德安乡县东半里处。宋咸淳年间建,后废。

［清］姚定益

过渐水桥

澧阳一路指烟埃，水市临风独举杯。
过雨园林蝉噪晚，傍溪楼阁酒船回。
山围汉寿三秋近，水自灵岩百折来。
此去洞庭应不远，九江波浪碧云隈。

作者简介：姚定益(生卒年不详),字鼎南。武陵(今湖南常德)人。清乾隆己酉(1789)乡试第二,后一试春官,归卒。著有《鼎南诗集》。

景点简介：渐水桥,又名潜水桥,潜水驿,今名泉水桥,在常德城东北15里,是古代常德城往北方向的交通要塞,刘禹锡常在此迎送远客。

[清] 胡 焯

春申君墓

国士酬恩意未平，春申应悔失朱英。

空来郢上三千履，不返江东十二城。

函谷著书人寂寞，夷门吊古泪纵横。

孤坟楚客谁浇酒，南国西风夜有声。

作者简介：胡焯（1804—1852），字光伯。武陵（今湖南常德）人。清道光二十一年（1841）进士，选庶吉士，二十七年授编修，擢侍读，转广西学政。著有《校补说文解字》《楚颂斋诗集》等。

景点简介：春申君墓，在今常德市下南门口。原下南门口大河街有珠履坊，传为楚春申君养食客之所，春申君墓即在其附近，后毁于战乱。1996年建有春申阁。

［清］龚大万

牛鼻滩口

明月随归雁，清沅返客舟。
市灯依岸近，乡语隔江稠。
问岁登禾后，怀人落叶秋。
柴门欣在望，风雨慰离愁。

作者简介：龚大万，字体六，号荻浦。武陵（今湖南常德）人。少孤，家贫力学，矜尚气节。初充乙酉（1765）拔贡，官任永顺训导，即有盛名。乾隆三十六年（1771）进士，改庶吉士，授检讨，官内阁典籍，浮沉玉署二十年，未展所蓄，人咸惜之。著有《赐扇楼诗集》《再游粤西草》。

景点简介：牛鼻滩，位于常德城东沅水北岸（西岸即汉寿县），现为鼎城区牛鼻滩镇。

［清］陈一揆

南阳嘴

山色枫先染，波光蓼欲浮。
渔樵谁作侣，天地总成秋。
爨火移平岸，餐风泊小舟。
好看游戏兴，沙际有群鸥。

作者简介：陈一揆，字符公，又字宅衡，号孟岩、东桥。湖南汉寿人。少时与武陵朱景英为友，交往甚密。康熙庚午举人，官内阁中书，后辞官隐居汉寿县城南。富而好施，分产赡族，割负郭地为义冢。任修试院，重建忠烈祠。有《瓿余集》。

景点简介：南阳嘴，在今常德市汉寿县毓德铺乡，是南湖中的一个小半岛。

[清]胡　焯

三闾大夫庙五日作

楚乡风雅旧祠堂，读罢离骚更九章。
此地相知惟贾傅，当年可惜是怀王。
愁深巫峡云如梦，春尽江南草自香。
却怪今朝人竞渡，徒令渔父唱沧浪。

景点简介：三闾大夫庙，即三闾大夫祠，在汉寿县沧港镇。清光绪《龙阳县志·庙坛》载："三闾大夫祠，在县西沧港。屈原遇渔父行吟于此，后人立祠祀之。侧有钓鱼台，为三闾遗迹。"

［清］陈长镇

张旭墨池

兰若明渌水，深松敞幽壑。
爱兹一镜圆，会心在淡泊。
长史昔曾临，波涛争踊跃。
鱼虾走霜颖，蝌蚪皆错愕。
遥想落笔时，风雨生林薄。
剑器与担夫，妙理有所托。
只今墨浪翻，香气满寥廓。
溜传屋漏痕，寒侵古钗脚。
缅怀茫昧初，文章扃橐籥。
真宰启龟龙，点画呈河洛。
盼此一泓深，依然在浑噩。
圣迹鬼神司，烟云缄秘钥。

作者简介：陈长镇，字宗五，号延溪。武陵（今湖南常德）人。清乾隆元年（1736）举博学鸿词，十三年进士，改庶吉士，充武英殿纂修官。曾创修朗江书院。著有《白云山房诗集》《白云山房文集》。

景点简介：张旭墨池，在汉寿西郊2公里西竺山的净照寺内。传为唐代书法家张旭洗笔砚的水池。南宋以后，多有题咏。现寺、池均不存。又清光绪《龙阳县志·金石》按："龙阳墨池实晋征士伍朝临池故地，至宋时讹为张旭者，沿李白诗而误也。"伍朝，字世明，晋汉寿人。少临池学书，水为之黑。

[清] 张士宦

燕 子 山

有石皆为骨，凌云不惯飞。
破空分郡县，匝地判阴晖。
陡上千层迭，斜垂一径微。
却怜王谢客，频觅主人依。

景点简介：燕子山，位于常德石门县燕子山乡，因有山岩似飞燕而得名。

[清] 孙 勷

舟过焦圻

日暮燕噉画角哀，惊涛万片卷风来。
停舟不拟王孙钓，恰有高人赠一杯。

作者简介：孙勷，字子未，号莪山，又号诚斋。德州（今山东陵县）人。康熙乙丑（1685）进士，入翰林院，授检讨。四十八年督学贵州，雍正元年（1723）补为通参。为官两袖清风，一尘不染，深受民众爱戴，称为“清介先生”。官至大理寺少卿，终于通政司参议。乾隆五十一年（1786）告老还乡，嘉庆五年（1800）卒，享寿84岁。祀乡贤。

［清］林则徐

题双松山馆（二首）

署邮特地送秋涛，山馆双虬对影号。
倚槛浑忘行役苦，成荫曾费主人劳。
徂徕结侣根原固，泰岱分封节并高。
知是丁公勤爱护，梦中奚止兆三刀。

停车未共长官亲，诗句先惊人眼新。
滴露已纫骚客佩，干云合拟大夫身。
漫论桂树前头影，要识甘棠着手春。
有约归来恣吟啸，冬心话与岁寒人。

作者简介：林则徐(1785—1850)，字元抚，一字少穆，晚号竢村老人。侯官(今福建闽侯)人。嘉庆十六年(1811)进士，曾任湖广、两广总督。道光十九年(1839)以钦差大臣身份赴广东查禁鸦片，并筹办海防，多次击退英国侵略军的挑衅。鸦片战争爆发后，被革职，次年充军新疆。后复起用为云贵总督。著有《林文忠公政书》《信及录》等。

景点简介：双松山馆位于今津市白衣镇西。驿舍后有百年古松二株，清嘉庆时，澧州知府安佩莲于松旁建亭，题曰“双松山馆”。

[清] 王应昌

刺史张子远新建车胤祠于囊萤故址，喜而赋之

胜迹非徒艳练囊，高风柱史蕙兰香。
假人不可惟名器，忧国须防是履霜。
生气简篇犹凛烈，庙容桑梓久凄凉。
从今俎豆应无替，懦起顽廉赖表扬。

作者简介：王应昌，生卒年不详。湖南澧县人。清康熙十三年(1674)贡生。

景点简介：囊萤故址在今常德市津市新洲乡车渚村，即晋车胤的出生地，古称车城。城内有萤台书院。东南3里许的车渚岗上有车氏故居遗址，其中萤渚读书台传为车胤囊萤夜读处。

曾凡荣

十美堂油菜花

万顷明黄接九垓，谁将锦缎近天裁。
翻飞总是偏随意，三两燕儿剪不开。

作者简介：曾凡荣，1956年生。湖南常德人。北京师范大学毕业，高级检察官退休。现为中华诗词学会会员，粤港澳大湾区中华诗词联谊会副秘书长，深圳长青诗社常务理事、常务副秘书长兼长青树诗友会秘书长，岭南儒商诗会常务副会长。

莫道宏

兰 江 桥

仰彩虹之美德兮，步晨风之习习。
拓石栏之求索兮，问彩虹以真谛。
何破千古之城廓兮，离祖宗之囿地。
何跨纡曲之兰江兮，招旷野之新基。
何扫莽莽之蒿茅兮，立琼楼与玉室。
何承辗转之车马兮，损筋骨与肤肌。
闻此语之怔怔兮，夫彩虹兮含睇。
牵余手之婉婉兮，沿循循而剖析。
明商周之义理兮，叹首阳之伯夷。
慕郑和之敖敖兮，搏风浪其谁忆？
垦荒芜之耕战兮，岂乾隆帝之独力？
楷天地之覆载兮，听斯民而是意。

郑传岩

澧州兰江阁

彩彻云衢阁倚天，画檐浸翠顾江烟。
湘风楚雨潮鸣鼓，白浪虹桥鹤舞仙。
桂殿兰宫悬翰墨，鸿儒博雅唱琼筵。
诸般脱俗神迷眦，疑入蓬莱不欲还。

作者简介：郑传岩，1940年生。湖南澧县人。全国教育系统劳动模范、全国模范教师。现为中华诗词学会、湖南省诗词协会、常德市诗词学会会员，澧县诗词学会副会长。著有《山石诗书画集》。

景点简介：兰江阁，《楚辞》"沅有芷兮澧有兰"。澧水中游地区，其浒多生兰草，故称兰江。澧州城南护城河外的仙眠洲头，建有一座兰江阁，与巍峨的彭山隔江相望，风景秀美而壮观，是澧水江脉上的最佳景观之一。

向际钧

游钦山寺

西南傍水滨，九曲入松筠。
总觉菩提远，遥闻梵呗匀。
檐挑高树月，窗映老僧身。
卧碣怀文邃，于今思鉴真。

作者简介：向际钧，1953年生。常德澧县退休教师，热爱诗词。

景点简介：钦山寺，原名乾明寺。位于洞庭西滨澧州境内，澧水南岸之群山环抱的钦山脚下，澧县县城西约10公里处。“彭山西五里，唐大德中僧文邃建。”这里是湖南省政府批准开放的重点佛教活动场所之一。

高守泉

题贺龙拴马树

一树高标耸碧穹，当年贺总系乌骢。
督军攻战为谁累，国泰民安日正红。

作者简介：高守泉，1949年生。湖南澧县人。中华诗词学会会员，湖南省诗词协会理事，常德市诗词学会常务理事，澧县诗词学会会长。

景点简介：贺龙拴马树，位于澧县今澧西街道高路铺村。1930年贺龙率红二军团第二次围困澧州城时，兵团指挥部设合口附近营盘岗。其间，贺龙亲往澧州城前线督战，曾系马于此树。

任泽渊

故园梦溪抒怀

夜宿楚桥边，楼高皓月悬。
江风怀往事，岸柳系童年。
梦笛声声远，心歌曲曲圆。
多情三盏酒，醉了夕阳天。

作者简介：任泽渊，字博芝，1945年生。湖南澧县人。中华诗词学会、湖南省诗词协会会员，常德市诗词学会第八届理事，澧县诗词学会常务理事，澧阳诗社社长。出版诗集《博芝诗稿》，文集《博芝集》等。

景点简介：千年古镇梦溪寺，有新石器时代国家级古文化遗址八十垱、三元宫，有澧县国共两党建党第一人罗宁故里。这里盛产粮、棉、油、猪、鱼，人杰地灵。

梦溪寺楚江桥

周 烁

澧县多安桥

每到桥中望孑遗，风光处处惹沉思。
千秋澧浦仍如旧，万古长川永不衰。
物逐飞尘经世变，人同芳草共时移。
苍苍青石还依在，我且凭栏叹绝奇。

作者简介：周烁，1994年生。湖南澧县人。湖南省诗词学会理事，《常德诗词》编委会成员。

苏大平

澧州古城墙

蜿蜒雉堞似游龙，五百年来销锷锋。

十万人家烟雨里，清江一曲水溶溶。

作者简介：苏大平，1976年生。澧县梦溪人。著有古风诗集《于喁集》《甲午诗草》《乙未诗草》，文言笔记小说《涔阳琐忆》及文言诗歌鉴赏集《涔阳消夏录》等。

曾祥永

登桃源乌云界

危峰险壁耸云端，翠竹苍松锁雾烟。
曲径通幽连绿海，盘根交错涌清泉。
雕鹰展翅悬崖顶，雀鹭欢声岸柳巅。
绝地四看魂魄怵，武陵无处不奇观。

作者简介：曾祥永，1952年生。中共党员。中共常德市委副厅级退休干部。现任中国刘禹锡研究会秘书长，常德刘禹锡研究会会长；曾任中华诗词学会理事，湖南省诗词协会副会长，常德市诗词学会第六届会长。

景点简介：乌云界国家级自然保护区，是2006年2月经国务院批准成立的国家级自然保护区，位于湖南省桃源县南部，地处雪峰山余脉的北坡，云贵高原向湘赣丘陵、湘西山地向洞庭湖平原过渡的典型地带，占地面积33818公顷，森林植被覆盖率达92.5%。

姚绍举

登桃源星德山

桃源有峤连天阙，星德高名满世间。
俯瞰东南三楚地，毗邻西北五雷山。
危峰试胆须豪客，隘路盘蛇岂等闲。
奋力穿云登绝顶，凌空惬意若仙班。

景点简介：星德山，位于湖南省常德市桃源县境内，地处桃源、石门、慈利三县边沿。星德山海拔842.5米，与慈利道教圣地五雷山隔山相望，是集自然景观与人文景观为一体且文化底蕴极其深厚的道教名山。

李建国

鹧鸪天·翦伯赞故居

满腹经纶石柱臣，不为苟活枉他人。唯真人格号良史，秉笔忠言作玉身。　循足迹，拜忠魂，翻书读史忆商辛。寻常故屋依然在，浩气汤汤启后昆。

注：商辛，翦伯赞别名。

作者简介：李建国，1963年出生。桃源县公路局退休。现为湖南省诗词协会、常德市诗词学会、常德市楹联学会、桃源县诗词学会、桃源县楹联学会会员。

景点简介：翦伯赞故居，在湖南省桃源县枫树维吾尔回族乡维回新村翦家岗。木结构平方，共大小房间23间，分为前半部和后半部分，中间由天井相连。国家级文物单位。

罗金龙

宋教仁故居

平生心力萃邦家，赢得勋名代代夸。
板屋青砖人不在，空庭独对夕阳斜。

作者简介：罗金龙，1990年生。湖南桃源人。中华诗词学会、中国楹联学会、湖南省作家协会会员。著有《芙堂吟稿》《罗润璋集校注》。

景点介绍：宋教仁，字得尊，号遁初，一作钝初、遯初、敦初，别号渔父。中国近代革命先驱者之一，“中国宪政之父”。其故居位于湖南省桃源县浔阳街道教仁村。四面环山，风景优美、秀丽，是常德市重点文物保护单位、爱国主义教育基地。2022年1月，被湖南省人民政府纳入第十一批省级文物保护单位名单。

黄桂旺

太 白 湖

将船买酒近秋分，今古同辉月一轮。

自有青莲赋诗后，茫茫湖水亦超尘。

作者简介：黄桂旺，1967年生。湖南汉寿人。中学高级教师，湖南省岳麓诗社第三届、第四届理事。

景点简介：太白湖，位于汉寿县酉港镇境内，与西洞庭湖最大的湖泊目平湖仅一堤之隔。相传诗仙李白曾留下“洞庭湖西秋月辉”的诗句，故取名太白湖。

丁为仁

漫步牛屎湖

清风垂柳古亭边，旖旎湖光走苇船。
李白乘舟浦上泊，刘郎寻迹鹤中穿。
征鸿万里沙洲憩，沉戟千年日影寒。
四季如春花似海，新潮又起碧云间。

作者简介：丁为仁，1958年生。大专文化，党员。湖南省诗词协会、常德市诗词学会、常德市诗词学会西洞庭分会会员。

李基平

汉寿清水湖生态园

龙阳湖畔草青青，百鸟纷纷落此城。
太子曾传听法雨，金牛却报寄苍生。
濯缨只向沧浪水，养眼还归珠贝名。
大雁翔来芳芷地，洞庭鱼米自丰盈。

注：太子即太子庙。金牛即金牛山。

作者简介：李基平，1970年生。湖南省诗词协会、常德市诗词学会会员。

景点简介：清水湖生态公园旅游度假区，位于汉寿县境内太子庙镇。以清水为依托，聚山水之灵秀，以丰富多样的服务，齐全的配套设施迎接四面八方的朋友。

曾　锐

参观帅孟奇故居感占

傲雪寒梅播远香，铮铮铁骨写担当。
仁心抚养遗孤子，慧眼区分热血郎。
俭朴缘资天下急，倾囊只为栋梁强。
忠魂化作碧涛涌，长伴山河济世昌。

作者简介：曾锐，1969年生。湖南汉寿人。中学高级教师，中华诗词学会、湖南省诗词协会、岳麓诗社、常德市诗词学会会员，现为汉寿县诗词学会常务副会长。

景点简介：帅孟奇故居，位于湖南省汉寿县坡头镇陈家湾村，是省级重点文物保护单位。2009年以来汉寿县文物管理所对故居先后进行了三次修复，建筑面积250平方米，原址保护面积6700平方米，是汉寿县重要的红色旅游景点和爱国主义教育基地。

裴泽球

行香子·登江家坡渡槽

澧水升腾，折转南行。至江坡道水流经。凭高放眼，十里沙汀。见洲如月，河如带，景如屏。　　虹连七拱，如鹰展翅。历风霜，未改峥嵘。当年业绩，造福农耕。喜稻田黄，莲田碧，菜田青。

作者简介：裴泽球，1952年生。中华诗词学会、湖南省诗词协会、常德市诗词学会、临澧县诗词学会会员。

景点介绍：江家坡渡槽，系临澧县青山枢纽工程，位于佘市镇与陈二镇接壤处。渡槽高44米，长1500米，横跨道水河。渡槽下还有石长铁路线穿拱而过，气象恢宏，风景独特。

康国初

石门罗坪长梯隘

路转峰回三百弯，霜云深处有家园。
山头楼阁吊高脚，坳底时蔬汲远泉。
粗犷情歌千鸟远，铿锵锣鼓万乡传。
土家儿女多慷慨，敢借长梯上九天。

作者简介：康国初，笔名静远，1942年生。中华诗词学会会员，《常德诗词》顾问，2019年常德市诗词学会授予《诗词之星》称号。

景点介绍：长梯隘，位于石门县罗坪乡。明朝于1369年设立长梯隘，为两关十隘之一。森林覆盖率达92%，风景独特，气候宜人，是一颗在深闺中人未识的生态明珠。

刘雷中

念奴娇·梅园魂

孱陵东去，临洲渚，灼灼千株红树。瓣瓣清香，悠悠里、似现四儿英武。喋血松滋，扬旗虎渡，星夜曾擒虎。今朝繁裕，难忘当日孤旅。　　煦日光照平川，喜春风杨柳，梅开二度。垂柳依依，浓阴侧，又见珠荷馥郁。携侣来游，晓梅迎向我，翩然起舞。一樽清酒，和心洒向兰浦。

作者简介：刘雷中，1949年生。湖南安乡人。中共党员，湖南师范大学汉语言文学专业自考毕业。曾任安乡县卫生局党委委员、办公室主任，安乡中医院党总支书记、院长。退休后加入安乡深柳诗社、常德市诗词学会，历任安乡深柳诗社副社长、《深柳诗词》主编，常德市诗词学会副会长、《常德诗词》主编。著有《一心斋诗词》《一心斋诗词续集》《阴铿其人其诗》《部门志编修实战指南》。

景点简介：安乡梅园，在三岔河镇梅家洲，距安乡县城11公里的荆八公路边。占地100亩，共种植梅树3698株，14个品种。这里是当年湘西游击大队安乡支队的根据地，建有安乡游击队陈列馆，孟晓梅是当年梅家洲党支部书记，王四儿是当年游击队队长。

杜德立

瞻仰颜昌颐故居有咏

板墙黛瓦坐堤陬，飞出惊天造反头。
黄浦揭竿屠敌首，东江斩木拾金瓯。
置身虎口男儿慨，荐血轩辕道义遒。
化碧苌弘千古烁，昌颐故里杜鹃讴。

作者简介：杜德立，1958年生。湖南安乡人。大专文化。安丰乡联校退休教师，安乡县诗词学会会员。

景点简介：颜昌颐故居。颜昌颐（1900—1929），出生于安乡县安丰乡白螺湾村。无产阶级革命家，中共早期卓越的军事领导人。曾领导参与上海工人武装起义，南昌武装起义，海陆丰农民起义及东江革命根据地的创建。1929因被叛徒出卖，被国民党反动杀害于上海龙华。颜昌颐故居重建于2022年，纯木瓦结构建筑。坐北朝南，后倚巍巍大堤，前临渺渺珊湖，侧依村居。

后　记

在湖南省诗词协会统筹协调指导下，历时近两年的《湖南山水名胜诗词选常德卷》终于付梓了。这是常德市诗词界的一件盛事、一件大事、一件喜事，是常德市诗词学会贯彻省诗词协会总体工作思路、文化建设服务于文旅发展的一个大手笔和具体实践。

常德历史悠久，名胜古迹遍布，山川秀丽，文化灿烂。最负盛名的有晋代诗人陶渊明曾描绘过的桃花源；有著名文化学者余秋雨曾说是常德人享有奢侈的柳叶湖；有“中华城祖、世界稻源”之称的澧县城头山；有诗仙李白曾留下“壶瓶飞瀑布，洞口落桃花”佳句号称湖南屋脊的石门壶瓶山；还有获得上海大世界基尼斯纪录、蜚声中外的中国常德诗墙；等等。描写这些名山大川、人文古迹的诗词曲赋，自屈原而后，炳焕铿锵，绵延不绝；各种选本，流光溢彩，交相辉映。面对诗意盎然的常德山川、浩如烟海的历史典籍，深入贯彻“展现山水名胜、繁荣文化事业，发展文旅产业，建设文化名城”的编纂宗旨，实现以诗情画意、文采飞扬的人文故事体现常德品格特色，是我们编纂此书的基本设想。在对古人诗词的筛选上，侧重选择描写山水名胜的，或与描写山水名胜有关联的历史典故的诗词，要求所选诗词是境界高尚、格调高雅、寄情抒怀、众口传诵的诗。在对今人诗词的选择上，三次面向全国征稿，名人名家吟咏常德山水名胜的，有关诗词大赛吟咏常德山水名胜的获奖作品，以及市以上诗词刊物刊发过的吟咏常德山水名胜的作品都在选择之列。

编委会历时一年多，通过对各类典籍的普遍海选，按照既定标准从数万首与常德有关的古诗词中精选出200首。收到全国各地上千名诗友投稿2000多首。组稿环节结束后，编委会先后召开八次编辑会议，对初选出200首的古人诗词和收到的今人2000多首诗稿逐一审核筛选，按照省诗词协会“古人今人各占一定比例，比例不要太悬殊”的要求编纂出清样稿。

2024年3月21日、22日，湖南省诗词协会会长蔡建和带领六名专家组成员，对于常德市诗词学会编纂的《湖南山水名胜诗词选常德卷》清样稿，在分头阅稿的基础上，专门召开会议与常德市诗词学会主要负责人和部分编纂人员一起进行了集中审核。采取由一人领读、大家发言指出问题的形式，对所有作品逐字逐句地详细审查，一首一首地过关，对质量不高的作品予以淘汰，以确保选上的作品质量上乘，力争使《湖南山水名胜诗词选常德卷》成为“湖南山水名胜诗词选”系列丛书的精品；从清样稿500多首作品中，筛选出古人作品140余首、今人作品160余首，共计300余首。

十分遗憾的是由于我们掌握的资料有限，加上我们的组稿工作做得不是很到位，两千多年巨大时空跨度里肯定还有很多古人和今人吟咏常德山水名胜的优秀诗篇没能尽收；很可能出现挂一漏万的情况。我们相信这个遗憾在智慧的读者面前一定可以得到圆满的解决。

此书出版之际，我们要感谢中共常德市委、常德市人民政府、湖南省诗词协会的大力支持。感谢各区县（市）、管理区诗词组织的积极组稿。感谢为我们提供照片的刘浩、宋才华、曾毅文老师。感谢为我们审稿的湖南文理学院梁颂成教授，感谢湘潭大学出版社王正杰老师给予的精心指导和热忱服务。还要感谢为我们精心编排、审校的文惠女士。感谢所有为本书付出劳动和心血的知音、同仁。尽管编委会认真工作，力求尽善尽美，期盼为读者提供一个精美的选本，但纰漏和错误在所难免，还恳请方家批评指正。

《湖南山水名胜诗词选常德卷》编委会